Doris Safra

Geschichten aus dem Schtetl
und
Besinnliche Erzählungen

Books on Demand

Bibliographische Information der Deutschen Nationalbibliothek. Die Deutsche Nationalbibliothek verzeichnet
diese Publikation in der deutschen Nationalbibliogra-
phie, detaillierte bibliographische Daten sind im Internet
über http://dnb.dnb.de abrufbar.

© 2018 Autor: Doris Safra
Herstellung und Verlag:
BoD – Books on Demand, Norderstedt
ISBN 9783746043180

Doris Safra

Geschichten aus dem Schtetl

und

Besinnliche Erzählungen

Inhalt

Vorwort

Das Schtetl sind Dörfer und kleine Städtchen in Osteuropa, wo Juden wohnten. Ich bin in Bern geboren und aufgewachsen. Ich war nie im Schtetl. Und doch sind die Geschichten aus dem Schtetl, die ich erzähle, nicht reine Erfindung. Einige haben sich wirklich so zugetragen, andere spielen sich in der echten Atmosphäre des Schtetls ab. Efraimele, der erfinderische Lausbub, der seinem geistig etwas zurückgebliebnen Freund, Michale, von der Hölle erzählte, bis beide vor Angst zitterten; der polternde physikalische Experimente anstellte, war mein Vater, sein geliebter Lehrer, der Melamed, für welchen er den Säugling auf originelle Weise wiegte, existierte wirklich. Die Geschichte von Marischa der Kuhmagd hat meine Tante Etie, -die als kleines Mädchen eine Hauptrolle darin spielte- bestätigt. (Etie ist vor einigen Jahren in London gestorben.) Aber auch die andern Geschichten sind nicht einfach Blüten meiner Phantasie. Sie spielen sich in einer Welt ab, von der meine beiden Grossmütter wie die wahren Geschichten erzählt haben. Es war eine Welt der Menschlichkeit, der Armut, Verfolgung, Flucht, der Hoffnung, aus der Religiosität geschöpft. Das Schtetl wurde vor achtzig Jahren ausgerottet, seine Menschen, Männer, Frauen, Kinder ermordet. Geblieben sind Familiennamen, meistens deutsche, sowie die Klezmermusik mit Klarinette, Geige und Flöte als Instrumente, da man sie auf der Flucht mitnehmen konnte......- und die Geschichten.

Die gute Tat

In der Baron Hirsch - Schule im Schtetl wurde eine junge Lehrerin angestellt. Nicht jedermann war damit einverstanden.....da gab es einen dunklen Fleck in der Familie...... Aber das Fräulein Marga lebte zurückgezogen und führte einen frommen Lebenswandel, und schliesslich war sie eine gute Lehrerin.

Die Kinder mochten die junge Lehrerin gerne, sie war immer fröhlich, machte ihnen das Lernen leicht, las ihnen Geschichten vor und erzählte ihnen Gleichnisse.

Eines Tages gab sie den Schülern eine besondere Aufgabe. Jeder musste eine gute Tat vollbringen, und derjenige mit der besten Tat sollte einen Preis erhalten. Eine Woche gab sie ihnen Zeit dazu.

Die Schüler begannen sogleich zu überlegen, was sie Gutes tun könnten. Für den lahmen Nachbar zum Krämer gehen, die blinde Frau zum Bethaus führen und heimbegleiten, den schweren Korb der alten Nachbarin vom Markt tragen, die Frühstückssemmel mit dem Sohn des armen Melameds teilen...

Alle Schüler fanden eine gute Tat, nur Michele wusste nicht, was er Gutes tun konnte. Er war das einzige Kind, das seine Mutter Gittel nach vielen Fehl - und Totgeburten zur Welt gebracht hatte, ein schwächlicher kleiner Junge, ängstlich und scheu, der schlechteste Schüler in der Klasse. Er war zu schwach, um einen schweren Korb zu tragen, und er konnte nicht genug rechnen, um für den lahmen Nachbar beim Krämer einzukaufen.

Die Tage vergingen und die Woche war schon bald um, und noch hatte Michele keine gute Tat gefunden. Das bekümmerte ihn sehr. Aber er wer gewohnt, immer abseits zu stehen. Nie konnte er das tun, was den andern Kindern mit Leichtigkeit gelang.

Wie jeden Freitag schickte ihn die Mutter auch diesmal mit einem Körbchen, in welchem sie ein wenig Hühnersuppe mit Nudeln und einem Hühnerschenkel darin und ein frischgebackenes Brötchen eingepackt hatte, zur alten Hulda.
Die alte Hulda war eine alte, kranke Frau, die allein in ihrer kleinen Hütte lebte. Man kümmerte sich nicht viel um sie, Fremde mieden sie und die Familie wollte sie nicht einmal kennen. Früher hatte man oft von ihr gesprochen, im Flüsterton allerdings und mit vorgehaltener Hand, besonders, wenn ein Kind in der Nähe weilte. Jetzt begann man sie allmählich zu vergessen.
" Was war, ist gewesen! Mögen sie reden, was sie wollen! Alt, krank und allein! Das genügt!", pflegte Gittel zu sagen, und seit Jahren fuhr sie fort, Michele mit dem Körbchen zu Hulda zu schicken.

Wie jede Woche schärfte sie Michele ein, er solle der alten Hulda sagen: " Mutter bittet euch, ihre Suppe zu kosten, ob sie gut geraten sei", damit es nicht aussähe, als ob man ihr ein Almosen brächte und sie damit beschämte.

Die alte Hulda pflegte ein wenig von der Suppe zu essen und den Rest mit dem Hühnerschenkel in ihren eigenen Topf zu giessen. Das Brötchen wickelte sie in ein Tuch, und Michele kehrte mit dem leeren Töpfchen im Korb nach Hause zurück.

Es war Winter und kalt, und die Mutter schlang einen warmen Schal um seinen Hals, bevor Michele sich auf den Weg machte.
Als er mit dem Korb zur Hütte kam und in die kleine Stube trat, sass die alte Hulda nicht wie gewohnt an ihrem Tisch. Mit geschlossenen Augen lag sie im Bett und stöhnte. Es war bitterkalt in der Stube, und sie hatte sich unter der Bettdecke noch in ein altes Tuch gehüllt.
Michele stand da mit seinem Körbchen und wie jede Woche leierte er sein Verschen herunter, wie die Mutter es ihm aufgetragen hatte:" Mutter bittet Euch, ihre Suppe zu kosten, ob sie gut geraten sei."
Aber die alte Hulda konnte nicht antworten. Sie schlotterte vor Kälte, dass das ganze Bett wackelte.

Eine Zeitlang stand Michele vor ihrem Bett und wusste nicht, was er tun sollte. Schliesslich nahm er den Topf mit der Suppe und das Brötchen aus dem Korb, und wie er es jede Woche von der alten Hulda gesehen hatte, goss er die Suppe in ihren Topf. Der Hühnerschenkel plumpste hinein und die Suppe spritzte ihm ins Gesicht.
Schnell wollte er sich wieder auf den Weg nach Hause machen, doch die alte Hulda fing an zu jammern:

"Mir ist so kalt, mir ist so kalt. meine Füsse sind gefroren wie Eiszapfen. Ach, wenn mir doch nur jemand ein wenig meine Füsse wärmen könnte!", zittterte ihre Stimme.

Hilflos stand Michele vor Huldas Bett. Sein Herz zog sich zusammen vor Erbarmen.
Schliesslich hob er vorsichtig die Decke von Huldas Füssen. Er schreckte zurück.
Da lagen die Füsse der alten Hulda, braun und verschrumpelt wie die Äpfel, die Mutter im Winter im Keller hielt, mit Hühnerkrallen daran. Es grauste ihn, sie zu berühren. Doch dann überwand er sich und fasste sie an. Sie fühlten sich wirklich eiskalt an. Entschlossen nahm er einen Fuss nach dem andern zwischen seine warmen Hände und rieb und rieb mit aller Kraft. Zwischendurch hauchte er seinen warmen Atem darauf, genau wie Mutter es tat, wenn er mit erfrorenen Händen nach Hause kam. Zuletzt nahm er seinen Schal vom Hals und hüllte die Füsse der alten Hulda darin ein. Als er endlich seinen Korb fasste, um nach Hause zu gehen, hörte er die alte Hulda leise flüstern: " Du hast eine gute Tat an mir getan. Gott segne dich, kleiner Junge!"

Als die Woche um war, schrieben die Schüler einen Aufsatz über ihre gute Tat. Die Lehrerin, Fräulein Marga, sammelte die Blätter ein und las einen nach dem andern vor.
Micheles Blatt war leer geblieben. Nur seinen Namen hatte er ungelenk darauf gekritzelt.

" So erzähle du von deiner guten Tat," ermunterte ihn die Lehrerin.

Stockend begann Michele: "Am Freitag habe ich der alten Hulda Suppe gebracht. Sie lag im Bett und war krank und   zitterte. Sie hatte kalte Füsse. Wie Eiszapfen! Da wärmte ich ihr die Füsse zwischen meinen Händen und rieb sie. Dann wickelte ich meinen Schal um ihre Füsse. "

Ein Kind begann zu kichern, dann noch eines und noch eines, und schliesslich brach die ganze Klasse in schallendes Gelächter aus.
Nur die Lehrerin, Fräulein Marga, machte ein ernstes Gesicht. Sie stellte sich mit dem Rücken zur Klasse ans Fenster und blieb eine ganze Weile dort stehen, ohne ein Wort zu sprechen. Schliesslich drehte sie sich um, und den Kindern schien es, als ob Tränen in ihren Augen schimmerten. Aus der Schublade in ihrem Pult zog sie den versprochenen Preis heraus, ein Bildchen , ein Vogelnest darauf, mit Kücken, die ihre Schnäbelchen aufgeperrt hielten, und eine Vogelmutter mit einem Wurm im Schnabel. Sie überreichte Michele das Bild und sagte nur kurz:" Micheles gute Tat war die beste!"
Die Kinder wunderten sich. Sie hatte Michele gar nicht gelobt. Sie war fast barsch gewesen, als sie ihm den Preis übergab.

Aber da war ein Geheimnis, das nur die Erwachsenen im Schtetl kannten:
Die alte Hulda war nämlich Fräulein   Margas leibliche Tante.

Eines Tages, als Michele wieder einmal der alten Hulda Suppe brachte, begegnete er zu seinem Erstaunen dort seiner Lehrerin.

Mottke der Sündenbock

Einer Frau im Schtetl wurde ein Kind geboren, als sie schon recht alt war und schon erwachsene Kinder hatte, die selber schon Kinder hatten. Sie bekam graues Haar und Falten im Gesicht und glaubte, der kleine Schreihals sei schuld daran, weil sie sich nun wieder um ein kleines Kind kümmern musste und noch mehr Arbeit hatte.

Den Namen bekam der kleine Knabe von einem armen, buckligen Nachbar, dem alten Motke, der einverstanden war, bei der Beschneidung Gevatter zu sein.

Motke hatte rote Haare und war in seiner Mutter Augen ein hässliches Kind. Vom ersten Tag an seines Lebens störte er die Familie, und je älter er wurde, desto mehr. Die Schwester ging aus dem Haus, denn es war ihr zu eng daheim, so sagte sie. Sie war noch keine sechzehn Jahre alt und sie ging keinen guten Weg. Und schuld war Motke, der Sündenbock!

Auch den Bruder hielt es nicht länger mehr im Haus. Er ging in ein fremdes Land zum Militär und kam viele Jahre nicht mehr heim, und die Mutter weinte sich die Augen aus. Und schuld war natürlich Motke, der Sündenbock!

Der Vater ergab sich dem Trunk, wegen all' der Sorgen daheim, so sagte er. Und wer war daran schuld, wenn nicht Motke der Sündenbock?

Selbst die Nachbarn glaubten, es sei wegen Motke, wenn ihnen ein Ungemach widerfuhr, wenn der Blitz ins Dach einschlug, wenn die Kuh ein Kalb verwarf, oder ein Kind in die Grube fiel.

Motke ging immer geduckt mit eingezogenem Kopf und gebeugtem Rücken, als ob er sich vor Schlägen fürchtete. Er war ungeschickt, verschüttete die Milch, liess den Krug fallen, zerriss die Hosen, wenn er wie andere Kinder über einen Zaun kletterte, verlor das Geld, wenn die Mutter ihn zum Krämer schickte.

Manchmal ging Motke in den Wald. Dort erzählte er den Bäumen und den Vögeln von seinem Leid, und es schien ihm, dass sie ihm zuhörten und ihn trösteten.
Einmal begegnete er seinem Gevatter. Der zeigte ihm, wie man eine Pfeife schnitzt, und Motke stellte sich gar nicht ungeschickt dabei an. Er begann auf der Pfeife zu spielen, und siehe da, er brachte so herrliche Melodien hervor, dass ihm vor Glück das Herz überquoll.

Fortan, verweilte Motke sehr viel im Wald und blies auf seiner Pfeife Lieder, die er selbst erfunden hatte. Die klangen so schön und wunderbar, dass selbst die Vögel verstummten in ihrem Gezwitscher, um ihm zuzuhören. So schien es ihm!

Motke war schon beinahe erwachsen, als er einmal einen gar seltsamen Traum hatte. Er träumte von einem wunderherrlichen Paradies, einem Schloss im Wald und vielen, vielen Menschen darin, die aussahen wie er. Es waren alles Sündenböcke, die hierher gekommen waren, um ein eigenes Reich zu gründen.

Sie bildeten einen Rat, um einen König zu küren. Obenan an einem langen Tisch sass der alte, bucklige Gevatter, der ihn die Pfeife zu schnitzen gelehrt hatte. Und alle riefen laut: "Motke soll unsere König sein!" Man setzte ihm eine goldene Krone auf und zogen ihm einen roten, samtenen Mantel an und liessen ihn auf einem goldenen Thron sitzen, und der Gevatter gab ihm ein Szepter in die Hand, aus dem eine Pfeife wurde. Dann wurde ein grosses, glänzendes Fest gefeiert mit Musik und Tanz, und die Vögel vom Wald zwitscherten lustige Melodien dazu.

Als Motke von seinem wundersamen Traum erwachte, schien ihm alles wie verwandelt. Alles war grösser und schöner und heller. Es war ihm, als ob die Eltern, die Schwester, die Nachbarn ihn so seltsam anblickten. Es war aber wirklich so, denn auf seinem Gesicht lag ein Lächeln von Glück und Freude, und nie hatte man vorher Motke lächeln gesehen. Seinen Kopf trug er aufrecht, die Schulter war gestrafft, sein Blick war heiter und frei. Der Traum hatte ihn in einen hübschen jungen Mann verwandelt.

Bald darauf beschloss Motke wegzuziehen. Aber da zürnten sie ihm alle. Wem sollten sie die Schuld zuschieben für eigene Ungeschicklichkeit und für alles Ungemach, wenn Motke nicht mehr da war?
Die Mutter klagte:" Habe ich dich nicht grossgezogen, obschon ich schon alt und nicht mehr kräftig war?" Und der Vater tadelte ihn:" Bist du nicht undankbar? Habe ich nicht für dich gesorgt

und alles getan, damit aus dir, dem ungeschickten Burschen, ein rechter Mensch werde?" Und eine Schwester erboste sich:" Haben wir dich nicht so lange geduldet in unserem engen Haus?"
So wollten ihn alle zurückhalten. Aber Motke schnürte sein kleines Bündel, nahm seine Pfeife und machte sich auf den Weg in die Fremde. Er zog von Dorf zu Dorf, von Stadt zu Stadt und sang und spielte den Leuten vor, wie einst den Vögeln im Wald.
Schliesslich wurde ein berühmter Dichter und Sänger aus ihm.

Nach vielen Jahren zog es ihn in die Heimat zurück. Die Eltern waren alt geworden, die Schwester war daheim und der Bruder vom Militär im fremden Land zurückgekehrt. Alle sahen böse und verbittert aus, denn alle waren miteinander zerstritten, die Eltern mit den Nachbarn, die Schwester mit dem Bruder, der Bruder mit dem Vater, die Mutter mit der Schwester, die Nachbarn mit andern Nachbarn. Jeder beschuldigte den andern für ein Unrecht, das er ihm angetan hätte.

Sie umarmten und küssten Motke, wie sie es nie zuvor getan hatten. Sie waren froh, dass er zurückgekommen war, und jeder wollte ihm vom andern erzählen, was er Schlechtes von ihm erlitten hätte. Aber Motke hörte nicht gerne zu und wollte keinem Recht geben. Das gefiel ihnen gar nicht!
Zudem waren sie neidisch auf ihn, auf seine Kunst und seine schönen Kleider, und einer sagte zum andern:" Wie kommt es, dass der hässliche und

ungeschickte Motke ein Dichter und ein ange-
sehener Mann geworden ist? Das kann doch nicht
wahr sein, das ist doch nicht gerecht!"

Nach einiger Zeit schickte sich Motke an, wieder in
die Fremde zurückzukehren. Da begannen sie ihm
alle wieder zu zürnen. Sie sprachen untereinander:"
So lange ist er weggeblieben und hat seine armen,
alten Eltern allein gelassen, und jetzt will er sie
wieder verlassen! Und schaut wie stolz und
hochmütig er geworden ist! So lange haben wir ihn
geduldet in unserem engen Haus, und nun ist es
ihm gar zu eng bei uns!"

Motke zog weiter und sie fuhren fort, ihm zu zürnen
und auf ihn zu schimpfen. Für alles Ungemach gab
man ihm die Schuld, obschon er weit weg in der
Fremde war.
Und so versöhnten sie sich alle miteinander und
lebten fortan in Frieden, die Eltern, die Nachbarn,
die Schwester, der Bruder ----- vereint in ihrem Zorn
auf Motke.

So wurde Motke, der Sündenbock, zum Friedens-
engel!
 Und er wusste nicht einmal etwas davon!

Das Zicklein

In alter Zeit, als in Jerusalem noch der heilige Tempel stand, opferte jeder einen Teil seines Vermögens und seiner Speisen und jedes erstgeborene Böcklein für die Priester, die im Tempel dienten, weil sie doch sonst keiner Arbeit nachgehen konnten, um sich und ihre Familie zu ernähren. Fromme Leute hielten an dem Brauch fest, damit man ihn nicht vergesse, bis dereinst der Tempel wieder stehen werde.

Eli und seine Frau Sara waren bibelkundig und fromme Leute. Wenn Sara Brot oder einen Kuchen backte, teilte sie ein Zehntel von dem Teig ab, backte ihn gesondert und gab ihn armen Leuten. Und wenn im Stall ein erstgeborenes Böcklein zur Welt kam, liess Eli es frei.

Eli hielt ein paar Ziegen im Stall und eines Tages hatte eine junge Ziege ihr erstes Böcklein geboren. Und wie es Brauch war, öffnete Eli nach ein paar Tagen die Stalltüre und das Zicklein sprang hinaus. Draussen war heller Sonnenschein und das Zicklein, trunken vor Freude, frei zu sein und voller Übermut, hüpfte fröhlich über die Wiese und die Strasse und ins Dorf hinein.

Es kam zum Schulhaus und lugte neugierig durchs Fenster, wo die Schüler auf ihren Bänken sassen und lernten. Dort sass auch Elis und Saras jüngster Sohn Als er das Zicklein am Fenster erblickte, zwinkerte er ihm lustig zu. Er beneidete es, dass es so fröhlich im Sonnenschein herumhüpfen durfte, während er in der düsteren Schulstube lernen musste. Auch ein anderer Schüler sah das Zicklein. Er war der grösste Lausbub in der Klasse, und schon hatte er etwas ausgeheckt. Wie wäre es, wenn man das Zicklein ans Pult des Lehrers setzen würde, bevor der Lehrer ins Schulzimmer trat? Oder es im Chemiezimmer einsperren, zwischen all' den Flaschen und Gläsern und Schläuchen und bunten Flüssigkeiten?

Inzwischen hatte auch der Lehrer bemerkt, dass die beiden Schüler nicht mehr aufpassten und zum Fenster hinausguckten. Auch er schaute hin und erblickte das Zicklein. Ein mildes Lächeln zog sich über sein Gesicht, denn er erinnerte sich an seine junge Frau daheim und das kleine Kind in der Wiege. Doch dann wandte er sich wieder streng der Klasse zu und die beiden Schüler senkten schnell wieder die Köpfe über ihre Bücher.

Das Zicklein hüpfte weiter und kam zu einem kleinen Fenster am Boden. Unten sass der Schuster in seiner Bude. Er sang sich ein lustiges Liedchen und klopfte mit seinem Hammer im Takt dazu die Nägel in die Sohlen „Heh, Böcklein!", rief er fröhlich," du nimmst mir ja mein ganzes Licht! So klein, und kann mich schon so bei der Arbeit stören!" Erschrocken sprang das Zicklein zur Seite und der Schuster fuhr mit seiner Arbeit fort.

Das Zicklein sprang weiter und kam zu einem andern Fenster. Da sass der Schneider auf seinem Tisch und nähte für einen Bräutigam den Hochzeitsanzug. Er war gut gelaunt, denn er träumte von einer schönen Braut und seiner eigenen Hochzeit und dem Anzug, den er für sich selber nähen würde........Er träumte das schon seit vielen Jahren. Als er das Zicklein erblickte, das seine Nase an die Fensterscheibe drückte, lachte er hell auf. Er dachte an die Kinder, die ihm seine erträumte Frau einmal schenken würde.

Allmählich wurde das Zicklein hungrig. Auf einer Mauer sass ein Handwerksbursche, der packte sein Brot aus, das ihm die Mutter mitgegeben hatte.
„Grüss dich Gott, Zicklein", rief er, „willst du mithalten?"Und er hielt dem Zicklein das Brot entgegen. Das Zicklein schnupperte und leckte ein wenig daran. Aber es kannte solche Speise .nicht. Es hatte ja noch keine Zähne, es kannte nur die Milch seiner Mutter.
Es hopste weiter und war immer hungriger und immer müder und sehnte sich nach seiner Mutter.

Auf einer Bank vor ihrem Haus sass eine alte Frau. Die hatte ein Ziegenfell über ihre Knie gelegt. Das Zicklein sprang hinzu und lehnte sich zitternd an das Bein der alten Frau. Die spürte plötzlich etwas Warmes, das sich an sie lehnte. Sie beugte sich herab und bemerkte das Zicklein. Mitleidig streichelte sie seinen Kopf. Dann sagte sie: „ Du hast keine Mutter, und ich habe keine Kinder. Wollen wir zusammen bleiben, du und ich?" Sie hob das Zicklein auf und trug es in ihr Haus. Bei der Nachbarin borgte sie ein Fläschchen und gab dem Zicklein Milch zu trinken. Das trank und schluckte und schlürfte, so hungrig und durstig war es! Als es satt war, legte es das Köpfchen nieder und schlief ein und die gute, alte Frau deckte es mit dem Ziegenfell zu.

Inzwischen hatte die junge Ziegenmutter ihr Zicklein überall gesucht. Als Eli in den Stall kam, blickte sie ihn mit traurigen Augen an. Sie wollte nicht fressen und nicht trinken und gab fast keine Milch, als Eli sie melken wollte.
Eli erzählte es Sara, seiner Frau, und beide berieten sich. „ Einerseits", sagte Eli, 'handelte ich, um ein gutes Werk zu tun, wie es die Väter taten, als der heilige Tempel noch stand. Andererseits gibt es keinen neuen Tempel noch und keine Priester, die dort dienen." „ Und steht nicht auch in der heiligen Schrift, man möge sich der Tiere erbarmen?", fügte Sara hinzu. „ Heisst es nicht, man müsse dem allzu schwer beladenen Esel die Last abnehmen, auch wenn es der Esel eines Feindes ist?"

So sprachen sie miteinander, der Eli und Sara und beschlossen, das Zicklein zu suchen und es seiner Mutter zurückzubringen. Sie suchten und suchten und fragten, wer das Zicklein gesehen hätte. Der Sohn hatte es gesehen, der Schuster, der Schneider, der Handwerksbursche. Schliesslich fanden sie es im Haus der alten Frau. Dort schlief es friedlich unter dem Ziegenfell.
Die alte Frau weinte ein wenig, dass sie das Zicklein wieder hergeben sollte. Aber auch sie

erbarmte sich der armen jungen Ziegenmutter und so legte sie es Eli seufzend in die Arme.

„Da hast du dein Kind wieder", sagte Eli zur Ziegenmutter," als er in den Stall trat und legte das Zicklein zu ihren Füssen. Sie sprang auf vor Freude und leckte und liebkoste das Kleine und liess es trinken.

Und Eli und Sara fuhren fort, was in den Schriften der Väter geschrieben stand, auf ihre Art auszulegen.

Der versiegelte Brief

Niemand im Schtetl war so gefürchtet wie die beiden Schwestern, Schprinze und Finze, weder der Bürgermeister, noch der Dorfpolizist, noch der Rabbi.

Schprinze die ältere, mit dem bürgerlichen Namen Speranza, eine kräftige Gestalt von ansehnlichem Ausmass in der Länge und der Breite. stets mit wütend geblähten roten Backen und Nüstern, verfügte über soviel Flüche und Verwünschungen wie die stillen Andachten Im Gebetbuch. Ihre jüngere Schwester Finze, mit bürgerlichem Namen Josefine, gross und mager, mit einer Nase, so spitz und boshaft wie ihre Zunge, stand ihrer Schwester darin nicht nach. Nur besass sie nicht soviel Fantasie wie diese. Schprinzes unerschöpfliche Fantasie hatte schon viel Schaden im Schtetl angerichtet, Zwietracht in Familien getragen, Verdächtigungen zwischen Eheleuten. Verleumdung ehrbarer Bürger wie den Schneider Berele oder den Schuster Schmulik, dass sie minderwertiges Material benützen, ja sogar Unschuldige vor Gericht gebracht. Stundenlang sass Schprinze an ihrem Fenster. oder verweilte auf dem Markt oder beim Krämer, beobachtete die Menschen, und aus einem Wort, aus einer Begegnung oder einem Blick braute ihre Fantasie eine böse Geschichte zusammen

Die beiden Schwestern waren verwitwet ohne Kinder. Die Ehemänner waren früh verstorben und im Schtetl war man der Meinung, beide seien geradewegs in die Seligkeit des Himmels gefahren, weil sie an der Seite ihrer Ehefrauen schon zu Lebzeiten alle Sünden abgebüsst hätten. Schprinze züchtete Hühner und Gänse, deren Gegacker, wie die Leute sagten, der Stimme der Herrin ähnlich war. Finze verdiente ihr Brot als Schneiderin.

Die beiden Schwestern mochten einander nicht besonders. Sogar vor gegenseitigen Verwünschungen hielten sie sich nicht zurück. Einmal im Jahr am Neujahrstag pflegten sie sich am Grab der Eltern zu versöhnen. Da sagte die eine zur andern: «Ich verzeihe Dir alles, was du mir angetan hast und wünsche Dir alles Gute." Dann antwortete die andere: «Alles, was du mir wünscht, möge Dir selbst beschert sein!» Daraufhin empörte sich die erste und schrie: «Aha, selbst am Grab unserer Eltern verwünschst du mich wieder!», und schon waren sie wieder zerstritten, und die Verwünschungen gingen hin und wider.

Ging es jedoch darum, etwas Schlechtes herauszufinden und als böses Gerücht in Umlauf zu bringen, waren die beiden Schwestern ein Herz und eine Seele. Geschichten zu erfinden war Schprinzes Stärke, sie zu verbreiten war Finzes Aufgabe, die sie mit Vergnügen erfüllte, obschon sie selbst kein Wort davon glaubte. Kam das Gerücht dann schliesslich zu Schprinze zurück, war Finze mächtig stolz und Schprinze triumphierte: "Habe ich es doch gewusst!" Für sie war dies der Beweis, dass alles, was sie sich zusammengeschustert hatte, wahr sei.

Nur einmal war die Geschichte, die sie sich ausgedacht hatte, beinahe wahr, aber sie traf nicht diejenigen, die sie beabsichtigt hatte.

Die Geschichte begann mit einem versiegelten Brief.

Schprinze war kaum jemandem im Schtetl zugetan ausser dem Postmeister. Sie hatte kaum je einen Brief erhalten oder geschickt, aber sie besuchte den Posthalter Aloisius fast täglich, und verweilte lange in der Poststube, wenn niemand anderer vom Schtetl da war, um seine Post abzuholen oder einen Brief aufzugeben. Ab und zu brachte sie ihm eine Henne mit, ein paar Eier und zu den Feiertagen sogar eine Gans. Dafür kam kein Brief oder Paket im Schtetl an, dessen Inhalt Schprinze nicht kannte, noch bevor derjenige, an welchen es gerichtet war, überhaupt etwas davon wusste. Besonders interessiert war sie an amtlichen Schreiben. Da glühten ihre Wangen noch mehr als gewöhnlich, und sie griff begierig danach. Gemeinsam öffneten sie und Aloisius die Briefe über einem dampfenden Wasserkessel. Nachdem sie sie gelesen hatten, schlossen sie sie wieder mit Leim, und niemand merkte etwas davon.

Eines Tages kam Schprinze wieder in die Poststube, wo Aloisius hinter seinem Tisch zu sitzen und seine Pfeife zu rauchen pflegte, wenn er nichts zu tun hatte. Sie hatte ihm ein Glas Eingemachtes mitgebracht, aber Aloisius, ganz gegen seine Gewohnheit, stand vor seinem Stehpult, schrieb im Postamtsbuch und blickte streng und abweisend. Das Glas mit dem Eingemachten und Schprinze, die das gar nicht gewohnt war, beachtete er kaum. Mehrmals sprach sie ihn an, aber er murmelte nur missmutig etwas Unverständliches. Schon wollte ihren Lippen eine Verwünschung entfahren, als sie sich eines Besseren besann.

Ob den kein Brief, kein Paket, gar nichts angekommen sei? Nein, erwiderte er unwirsch. Aber sie sehe doch einen neuen Brief im Korb Aber diesen Brief kann man nicht öffnen. Und warum nicht? Aloisius holte tief Atem. «Weil der Brief versiegelt ist!», antwortete er feierlich. Er soll ihr wenigstens den Brief zeigen. Anschauen möchte sie ihn mindestens. Nein, seine Ehre und sein Vertrauensposten als Postmeister in der Kaiserlich-Königlichen Monarchie verbiete es ihm. Er werde diese weder um ein Glas Eingemachtes oder ein paar Eier oder sogar eine Gans aufs Spiel setzen.

Es half ihm nichts, gegen Schprinze war er nicht gewachsen. Wiederwillig nahm er schliesslich den Brief aus dem Korb und zeigte ihn ihr. Der Brief war mit einer Reihe bunter ausländischer Briefmarken beklebt. Auf der Rückseite des braunen Umschlages starrten ihr drei runde, dicke, rote Siegel feindselig und höhnisch entgegen. Auf den

Siegeln waren mit einem Petschaft elegant verschlungene Zeichen eingebrannt. Aloisius entzifferte sie als ein A und ein K. Und an wen sei der Brief gerichtet? Da stand als Adresse: Hochwohlgeboren Herrn Bernhard Katz. Da brach Schprinze in ein höhnisches Gelächter aus: «Berele, der Schneider! Berele und Hochwohlgeboren! Dass ich nicht lache! Ausgequetscht hat die Katz den Berele, die Missgeburt!»

Berele, der Schneider, gehörte zu Schprinzes meistgehassten Leuten im Schtetl. Das begann, als er Schprinze nicht zum Weibe nehmen wollte, als der Schadchen (Heiratsvermittler) seinen Eltern das vorschlug und lange ledig blieb, bis er schliesslich eine junge, hübsche Frau heimführte. Ausserdem war Berele ja auch ihrer "lieben Schwester Finze" ein Konkurrent, denn ein-zwei Frauen im Schtetl hatten bei ihm einen Wintermantel nähen lassen und nicht bei Finze. Schprinze brannte darauf zu wissen, was in dem Brief stand. Es musste doch einen Weg geben. diesen Brief zu öffnen. Vielleicht gelang es Finze mit ihren geschickten Fingern, die Siegel zu umgehen und den Brief zu öffnen? Nein! Aloisius, der Posthalter blieb hart. Diesmal nicht! Zornig ging Schprinze nach Hause, Ihre Wut liess sie an ihren gackernden Hühnern und Gänsen aus, die sie beschimpfte. Danach aber folgten drei Tage und drei Nächte, in welchen sie nicht zur Ruhe kam vor lauter Nachdenken und Sinnieren. Schliesslich fand sie einen Faden, den sie, wie ihr schien, zu einer glaubhaften Geschichte wob. Was war doch auf dem Siegel eingebrannt? Ein A und ein K. K war doch für Katz und A? Das konnte doch für Aarele sein? Ja, das musste für Aarele sein! Und Aarele war doch Bereles Onkel, der vor vielen Jahren nach Amerika ausgewandert ist, als Berele und sie selber noch Kinder gewesen waren. Und warum wandert einer nach Amerika aus? Doch nur, wenn er fliehen musste natürlich! Und warum muss einer fliehen? Weil er etwas verbrochen hat und die Polizei ihn sucht. Und was hat er verbrochen? Er musste Geld gestohlen haben. Aber das gestohlene Geld hat er nicht mitgenommen, sondern musste es verstecken. Wo aber hat er es versteckt?

Nach einigem Nachsinnen kam Schprinze die Erleuchtung, wo das gestohlene Gut oder Geld oder beides versteckt war, und was in dem versiegelten Brief stand.: Aarele hatte das Geld bei Berele, unter dem Apfelbaum in dessen Gärtchen vergraben. Im versiegelten Brief hat er Berele das Geheimnis verraten und ihn angewiesen, nach dem Geld zu graben. Dann werde er selber kommen, um seinen Teil zu holen, den Rest würde er Berele überlassen. Und wann kann man unbemerkt graben? Am besten nach Mitternacht, nachdem der Nachtwächter die Lichter im Schtetl gelöscht hat, und zwar bei Neumond, wenn alles dunkel ist.

Zufrieden über die Geschichte, die sie sich so schön ausgedacht hatte und in welcher sich eines ins andere so wunderbar einfügte wie die Rädchen in der Uhr, eilte sie zum Dorfpolizisten, um ihm über das ganze Verbrechen zu berichten

Franz der Dorfpolizist, ein rechtschaffener Mann, kannte Schprinze und ihre Geschichten. Nicht einmal war er ihnen auf den Leim gegangen und hatte Unschuldige beinahe ins Gefängnis gebracht. Missmutig hörte er sich ihre Geschichte an und, obschon er kein Wort davon glaubte, versprach er schliesslich auf ihr Drängen hin, bei Neumond nach Mitternacht auf der Lauer zu sein.

Beim nächsten Neumond hielt sich Franz, der Dorfpolizist in der Nähe von Bereles Haus auf. Er schlich sich um das Haus, doch nichts geschah, alles war dunkel und still, nichts konnte er entdecken. Ebenso stiess er auf nichts Verdächtiges beim nächsten und übernächsten Neumond. So war dies wiederum eine bösartige Erfindung von Schprinze, schloss er daraus.

Inzwischen war bekannt geworden, dass Berele, der Schneider einen versiegelten Brief erhalten hatte, doch niemand wusste, was darin stand. Finze wurde von Schprinze zu Berele geschickt. Mit falschem Lächeln bat sie um einen bestimmten Knopf, der ihr für einen Mantel fehle. Nebenbei fragte sie mit süsser Stimme nach dem Wohlergehen der Familie. Berele brachte ihr eine Auswahl von Knöpfen, von denen aber keiner der richtige war. Die Fragen nach der Familie beantwortete er ausweichend. Auch aus seiner Frau, bei welcher sich Finze nach den „so wohlgeratenen Kinderchen " erkundigte, brachte sie nichts heraus.

Doch geschahen merkwürdige Dinge, über die sich die Leute im Schtetl wunderten und auch Franz zu zweifeln begann, ob Schprinzes Geschichte diesmal vielleicht doch nicht nur erfunden sei. Bereles Frau trug plötzlich schönere Kleider und die Kinder liefen nicht mehr barfuss herum, sondern hatten sogar gute Schuhe an, am Fenster hingen neue Gardinen. Berele selber, der arme Schneider, schenkte am Freitag im Tauchbad einem armen Fremden sein Hemd, wie es die Reichen zu tun pflegten, und brachte ihn am Freitagabend als Gast zum Abendmahl mit.

Schliesslich stieg auch eines Tages ein Fremder an der Bahnstation ab. Es war ein alter Mann in einem eleganten, neumodischen Anzug und einem Zylinderhut, und neben ihm trug der Lastträger einen schweren Koffer aus dickem Leder. Ohne viel sich nach dem Weg zu erkundigen, steuerte der Fremde geradewegs auf Bereles Haus zu. Am Freitag erschien er mit Berele im Gebetshaus, und als ein alter Mann plötzlich rief: „ Ist das nicht Aarele Katz, der nach Amerika ausgewandert ist?", erkannten ihn die alten Leute im Schtetl und begrüssten ihn herzlich..

Für die beiden Schwestern war die Ankunft von Bereles Onkel der beste Beweis, dass Schprinzes Geschichte stimmte. Aber auch der Dorfpolizist Franz beschloss beim nächsten Neumond nach Mitternacht in der Nähe von Bereles Haus zu patrouillieren. Er erzählte es allerdings niemandem, auch Schprinze nicht; denn wenn die Geschichte stimmen sollte, gönnte er ihr den Triumph nicht.

Schprinze freute sich einerseits, dass ihre Geschichte offenbar stimmte, andererseits grämte es sie fast zu Tode, dass der Berele, den sie von Herzen hasste, zu einem Vermögen kommen sollte, und nur weil der Dorfpolizist, möge er in der Hölle braten, ihr nicht glaubte. Sollte sie nicht vielleicht beim nächsten Neumond selber nachsehen und Berele und seinen Onkel des Verbrechens überführen?! Auch haderte sie: Warum eigentlich war ihr nicht so viel Geld beschert? Was hätte sie alles mit dem vielen Geld tun können! Einen Pelzmantel hätte sie sich beim Kürschner machen lassen, wie die Frau des Bürgermeisters, einen neumodischen Hut, so gross wie ein Wagenrad, bei der Modistin bestellt, einen Rock aus Seide würde ihr Finze schneidern.

Es kam die Nacht, in welcher vom Mond nur eine schmale Sichel über dem Schtetl stand Der Nachtwächter hatte um Mitternacht die Gaslaternen gelöscht, als Franz, der Dorfpolizist, sich auf den Weg zu Bereles Häuschen machte. Es war kalt und neblig, die Lichter in den Häusern waren längst erloschen, nichts war zu spüren, nichts war zu sehen. Vorsichtig näherte er sich Bereles Häuschen.

Da! Bewegte sich da nicht etwas? War da nicht eine gebückte Gestalt unter dem Apfelbaum in Bereles Gärtchen? Im Dunkeln schien ihm die Gestalt gross und kräftig. Aber Berele der Schneider war doch klein und schmächtig, ebenso der alte Vetter, der angekommen war?

Behutsam, Schritt für Schritt, schlich Franz näher. Plötzlich erhob sich die Gestalt, blickte um sich, hielt inne, als ob sie lauschen wollte. Franz war stehen geblieben und hielt den Atem an. Da bückte sich die Gestalt wieder und er erkannte, dass sie eine grosse Schaufel in der Hand hielt. Mit der grub sie weiter und warf die Erde neben sich.

Da hielt es den Dorfpolizisten nicht länger. „Halt", schrie er und soweit es ihm seine nicht mehr jungen Knochen erlaubten, sprang er auf die Gestalt zu und bekam sie an der Schulter zu fassen. Doch er stolperte über die grosse Schaufel, die ihm die Gestalt vor die Füsse geworfen hatte und über den Erdhaufen neben der Grube. Ehe er sich wieder erheben konnte, hatte sich die Gestalt unter seiner Hand herausgewunden, rannte weg und verschwand in der Dunkelheit.

Fluchend stand Franz wieder auf den Beinen. In der Hand hielt er einen Zipfel von einem Frauenschal, wie ihn die meisten Frauen im Schtetl um die Schulter trugen.

Schnaubend vor Wut betrachtete er den Schal in seiner Hand. Sollte Bereles Frau nach dem Schatz gegraben haben? Er schaute zu Bereles Haus, doch dort war alles dunkel und still. Ausserdem war die Gestalt gross gewesen, Bereles Frau aber eher klein und schmächtig. Oder hatte sich der Dieb zur Täuschung einen Frauenschal umgehängt? Berele selbst war schmächtig und der Vetter nicht minder. Missmutig machte sich Franz auf den Heimweg.

Zuhause erwartete ihn seine Frau, die nicht verstand, wo sich ihr Mann bei Nacht und Nebel im Schtetl herumgetrieben hatte. Wäre etwas geschehen, wo man den Dorfpolizisten braucht, hätte sie doch davon gewusst. Nun kam er nach Hause mit einem Frauenschal unter dem Arm, und es war ihr nicht zu vergelten, dass sie ihn mit Gezeter und Gepolter begrüsste.

Franz beschloss, seine Frau ins Vertrauen zu ziehen, als sie sich beruhigt hatte. Er erzählte ihr von dem gestohlenen Geldschatz, der unter Bereles Apfelbaum begraben gewesen und nun geplündert worden war. Der Dieb war eine Frau oder aber ein Mann, der sich Frauenkleider angezogen hatte

Die Frau sah sich den Schal an Der war schwarz und grob gehäkelt, und sie meinte: „ Der gehört einer alten züchtigen Frau." Aber bei Berele wohnte keine alte Frau, seine Frau war wohl züchtig aber nicht alt. Ausserdem, welche alte Frau im Schtetl wusste von dem Schatz, der unter Bereles Apfelbaum begraben lag. Nur Schprinze und wohl auch Finze wussten davon. Und warum sollte Schprinze, die ihn auf die ganze Sache aufmerksam gemacht hatte, selber zur Diebin werden?

Am nächsten Morgen, es war noch ganz früh, machte sich Franz auf, Berele einen Besuch abzustatten. Zu seiner Verwunderung war die Grube unter dem Apfelbaum zugeschüttet, als ob nichts geschehen wäre. Verwirrt und niedergeschlagen ging er nach Hause. Ob er wohl geträumt habe, fragte er sich. „Doch da ist doch der Schal", beruhigte ihn seine Frau, und da war doch auch sein schmerzendes Bein, das er sich beim Sturz über die Schaufel aufgeschlagen hatte, Beweis genug, dass er nicht geträumt hatte.

Während Franz sich sein schmerzendes Bein rieb, schaute die Frau nochmals den Schal an. Plötzlich rief sie :"Schau mal her, was ich im Schal gefunden habe!", und sie hielt eine Hühnerfeder zwischen den Fingern. Da erinnerte sich Franz, dass der Wind über der Stelle, wo gegraben worden war, ein paar Federn aufgewirbelt hatte. Nun bestand kein Zweifel mehr, wer unter Bereles Apfelbaum gegraben und den Schatz gestohlen hatte. "Du musst es dem Bürgermeister melden", sagte die Frau und Franz schien das vollkommen richtig und für seine Pflicht.

Friederich, der Bürgermeister, war ein kluger und besonnener Mann. Aufmerksam hörte er sich Franzens Geschichte an. Woher man wusste, dass im Gärtchen von Berele Katz ein Geldschatz versteckt sei und das schon seit dreissig Jahren, wollte er wissen. Nun Berele wusste es, es wurde ihm in einem versiegelten Brief mitgeteilt. Und wer wusste, was im versiegelten Brief stand? Woher wusste er es, der Herr Dorfpolizist? Nun ja, von Speranza, der Geflügelzüchterin. Und woher hatte Speranza die Geflügelzüchterin ihre Kenntnis?
Speranza, die Geflügelzüchterin, war auch für den Bürgermeister ein Begriff, und dass seine Mund-winkel beim Nennen ihres Namens sich leicht verzogen, blieb dem braven Franz nicht verborgen.
Der Bürgermeister begleitete Franz zu Berele. Der schaute hocherfreut auf seine Besucher, Wollte sich etwa der Herr Bürgermeister ein paar Hosen bei ihm anfertigen lassen?

Er würde das beste Material verwenden, sich besonders viel Mühe geben, die Arbeit besonders sorgfältig ausführen.... Nein, es gehe nur um eine Auskunft.

Hat er gewusst, dass unter dem Apfelbaum in seinem Gärtchen ein Vermögen an Geld vergraben lag? Nein, woher denn! Hat ihm nicht der Vetter in einem versiegelten Brief darüber geschrieben? Nein! Im versiegelten Brief hat er Geld geschickt, einen Teil dessen, von welchem er seinem verstorbenen Bruder, Bereles Vater schuldig, geblieben war. Dieser hätte ihm ein Darlehen gegeben, bevor er nach Amerika auswanderte. Den andern Teil hat er ihm, Berele, mitgebracht, als er ihn vor einigen Wochen besuchte, um die alte Schuld zu bezahlen.

Berele wunderte sich, dass der Onkel ihm nichts von dem vergrabenen Geld erzählt hatte. Hatte er nicht gesagt, dass er ihn, weil er selber keine Kinder hatte, zum Erben gemacht hat?

Berele war ein wenig gekränkt. Ausserdem schmerzte es ihn, dass das Geld, eigentlich sein Geld, nun gestohlen worden sei. Er hätte es doch so gut für die Frau und die Kinder, mit welchen er reich gesegnet war, gebrauchen können.

Aber vielleicht war noch etwas von dem Geld unter dem Apfelbaum vergraben geblieben? Hatte doch Franz den Dieb überrascht!

Friederich der Bürgermeister begleitete Berele und den Dorfpolizistin zum Apfelbaum. Diese begannen zu graben. Sie gruben und gruben, aber von Geld war keine Spur.

Am gleichen Tag erschien Franz, der Dorfpolizist, vor Schprinzes Haustür. In der Hand hielt er ein amtliches Schreiben vom Bürgermeister.

Da sie des Lesens nicht so kundig war, rief Schprinze ihre Schwester Finze, die ihr das Schreiben, nicht ganz ohne Vergnügen vorlas. Darin wurde Schprinze vor Gericht geladen. Sie wurde beschuldigt, eine grosse Summe Geld gestohlen zu haben.

Zuerst wurde sie ein wenig blass, dann röteten sich ihre vor Zorn geblähten Backen wieder und sie schrie: „Lüge ist das , Lüge, Lüge,Lüge….!" „Aber hast du dabei nicht deinen Schal verloren?", fragte Finze und konnte dabei ein schadenfrohes Lächeln kaum unterdrücken.

In der Amtsstube des Bürgermeisters drängte sich das halbe Schtetl, als Schprinze vor Gericht geladen war. Es sei höchste Zeit, meinten die Leute, dass sie endlich eine gerechte Strafe erhielte für alles, was sie ihnen angetan hatten mit übler Nachrede und falschen Verdächtigungen, Beleidigungen und Verwünschungen. Freiwillig war sie nicht gekommen, Franz der Dorfpolizist musste sie holen und unterwegs sparte sie nicht mit Hieben und Flüchen.

Franz, der Polizist klagte an.

Geld gestohlen ? Welches Geld, was für ein Geld?

Ausgegraben hat sie es unter dem Apfelbaum in Bereles Gärtchen.

Ausgegraben? Ist sie ein Gräber? Woher soll sie wissen, dass unter Bereles Apfelbaum Geld vergraben liegt?

Sie hat es doch selber dem Polizisten Franz davon erzählt.

Nun ja, sie wusste es halt, dass unter Bereles Apfelbaum gestohlenes Geld vergraben war. Aber der Franz hat ihr ja nicht geglaubt. Daher hat sie selber aufgepasst, damit das gestohlene Geld nicht in falsche Hände gerate.

„Das Geld", sagte der Bürgermeister, „ wurde, wie sie es dem Polizisten erzählte, vor dreissig Jahren versteckt. Keiner weiss, ob es gestohlenes Geld war, es gibt keine Beweise. Aber dass es jetzt nicht mehr da ist, nachdem ihr, Frau Speranza, dort gegraben habt, das ist bewiesen."

„Lüge, Lüge, Lüge!", schrie Schprinze immer wieder. „ Ich habe kein Geld gesehen, kein Geld genommen!"

„Und wo ist dann das Geld?"

Da wollte Finze ihrer Schwester zu Hilfe kommen: „ Meine Schwester Speranza hat sich die ganze Geschichte nur ausgedacht."

Schprinze wollte Finze widersprechen, aber dann besann sie sich eines Besseren.

„Ja, ja", rief sie, „die ganze Geschichte habe ich nur ausgedacht."

„Und wenn nur ausgedacht, warum habt Ihr dann nach dem Geld gegraben?", fragte der Bürgermeister.

„Damit das Geld nicht in die falschen Hände kommt.", erwiderte Schprinze und blickte hasserfüllt nach Berele. Der sass traurig zwischen den Leuten und verstand nicht, warum der Onkel ihm nichts von dem Vermögen erzählt hatte.

„Hütet Euch vor falschen Anschuldigungen!", warnte sie der Bürgermeister streng. Aber woher wusstet Ihr von dem vergrabenen Geld?"

„Das stand doch im versiegelten Brief, den der Onkel an Berele geschrieben hat."

„Woher wusstet Ihr, was im Brief stand?"

Bei dieser Frage räusperte sich unter den Leuten jemand laut, es klang wie eine Warnung. Das war der Postmeister Aloisius.

„Ist die Geschichte nun ausgedacht oder habt Ihr das Geld gestohlen?", fragte der Bürgermeister weiter.

Schprinze verstrickte sich immer mehr in ihre widersprüchlichen Aussagen, so dass sie zuletzt selber nicht mehr wusste, was wahr und was erfunden war.

In Schprinzes Haus fand sich kein Geld und so wurde sie vom Vorwurf des Diebstahls freigesprochen. Doch wegen Verleumdung und falscher Verdächtigung wurde sie schuldig gesprochen. Die Schuld trug sie mit Hennen und Gänsen und Eiern an Berele ab.

Dafür musste Aloisius der Postmeister auf ihre Zuwendungen verzichten, denn ihn besuchte sie lange nicht mehr.

Auf Geschichten erfinden konnte sie nicht verzichten. Doch es brachte sie fast um vor Wut und Kummer, dass niemand im Schtetl mehr daran glaubte, ausser ihr selbst.

Die beiden Schwestern

"In unserem Schtetl", erzählte meine Grossmutter," lebten zwei Schwestern.

Die ältere war ein liebes Mädchen, nicht dumm und nicht gescheit, nicht schön und nicht hässlich, aber mit einem guten Herzen. Alle Leute mochten sie gerne und man nannte sie Reisel die Gute.

Die jüngere Schwester war schön und gescheit und und belesen und voller Leben. Ihre Augen pflegten zu glühen vor Begeisterung, wenn ihr etwas gefiel, und sie flammtem vor Zorn, wenn sie etwas ungerecht fand. Sie nannte sich Rebekka, aber im Schtetl nannte man sie Riwke , Riwke das Feuer. Sie war nicht so beliebt wie Reisel, denn sie war auch recht hochmütig und spottsüchtig. Selbst die eigene Schwester pflegte sie auszulachen wegen ihrer Einfachheit.

Reisel die Gute heiratete einen einfachen und braven Handwerksmann. Die Eltern gaben ihr eine reiche Aussteuer mit und bereiteten ihr eine schöne Hochzeit.

Wie es so üblich war, spielten Musikanten auf der Hochzeit..... ein Fiedler, ein Bass, ein Zimbler. einer blies auf dem Klarinett ...kurzum es war eine fröhliche Hochzeit.

Der Fiedler war ein schöner, junger Mann und ein besonders begabter Musikant. Zuerst spielte er auf der Fidel, so innig und schön, dass den Leuten das Herz schmolz. Plötzlich griff er dann zum Klarinett und neckte die Leute mit lustigen Weisen, bis sie alle fröhlich wurden und zu tanzen begannen. Mit seiner Stimme wie Samt und Silber sang er zwischendurch leidenschaftliche Lieder, und dann leise und zart wehmütige, dass den Leuten die Tränen in die Augen traten.

Und es geschah, was geschehen musste - Riwke das Feuer, verliebte sich in den Musikanten.

Die Eltern aber wollten nichts davon wissen. Denn zu damaliger Zeit galt ein Musikant nicht viel, so wenig wie ein Schauspieler oder ein Gaukler.
.
So lief Riwke aus dem Haus und heiratete den Musikanten ohne Erlaubnis der Eltern. In jener Zeit brauchte es nur zwei Trauzeugen dazu. Das waren der Zimbler und der Bassgeiger.

Es war eine grosse und leidenschaftliche Liebe zwischen den beiden. Aber von Liebe allein kann man nicht leben. Im Schtetl und den umliegenden Dörfern wurden nicht so viele Hochzeiten gefeiert , und Riwke und ihr Mann lebten in grosser Armut. Der Mann zog deshalb in die grosse Stadt, um dort sein Glück zu versuchen. Er schickte ihr viele Liebesbriefe, aber nur sehr wenig Geld und Riwkes Elend war gross und wurde immer grösser.

Riwke war aber stolz und wollte niemanden um Hilfe bitten, weder die Eltern noch die eigene Schwester. Auch die Nachbarn sollten nichts merken, und so mied sie die Menschen und sprach kaum mit jemandem ein Wort Ihre Wäsche wusch sie am Fluss nach Sonnenuntergang, wenn die andern Frauen längst nach Hause gegangen waren. Sie hängte sie in einem verborgenen Winkel im Hof zum

Trocknen auf, damit keiner die alten, zerschliessenen Laken sah.

Da kam wieder einmal das Neujahrsfest. In allen
Häusern wurde gebraten und gekocht und
gebacken, aus allen Schornsteinen stieg der Rauch
auf, in allen Gassen duftete es nach frisch-
gebackenen Butterbrezeln und Honigkuchen.

Doch Riwke hatte nicht einmal ein wenig Mehl, um
ein Brot zu backen, und sie schämte sich vor den
Nachbarn. Und so zündete sie ihren Ofen an und
legte alte Fetzen hinein, damit es auch aus ihrem
Schornstein rauchte und die Nachbarn meinen
sollten, dass auch sie kochte und backte.

Am gleichen Tag beschloss Reisel die Gute, ihre
Schwester zu besuchen und sich mit ihr zu
versöhnen. Längst hatte sie ihr verziehen, dass sie
sie verspottet hatte, und sie machte sich mit einem
grossen Korb voll von ihrem Gekochten und
Gebackenen auf den Weg. Aber Riwke war nicht zu
Hause. Sie war hinaus auf die Felder gegangen, um
nach ein paar Körnern zu suchen, die die Bauern
von der Ernte zurückgelassen hatten.

Reisel trat in Riwkes Haus ein und was sie sah,
brach ihr fast das Herz. So hauste also ihre stolze
Schwester, in Not und Elend, mit alten, hässlichen
Sachen und Fetzen, dass nicht einmal ein Dieb
etwas hätte davon mitnehmen wollen. Sie fand auch
die Lumpen im Ofen und schnell nahm sie sie
heraus und legte an ihrer Stelle von dem
Gebackenen hinein, das sie mitgebracht hatte.

Als Riwke heim kam, fand sie den Kuchen im Ofen und den Korb mit den übrigen guten Sachen, die Reisel gebracht hatte. Sie glaubte, der liebe Gott hätte sich ihrer erbarmt und ihr einen guten Engel geschickt, um sie vor dem Verhungern zu bewahren. Sie brach in Tränen aus, und dankte Gott, dass er ihr geholfen hatte.

Und immer wieder kam Reisel heimlich in Riwkes Haus und brachte Speisen mit. Sie nahm auch die zerschliessenen Laken und Tücher ab, die Riwke im Hof zum Trocknen aufzuhängen pflegte und ersetzte sie durch eigene gute Stücke aus ihrer Aussteuer. Riwke aber glaubte immer, dass der gute Engel in ihr Haus gekommen wäre, um ihre Not zu lindern.

Und so verging einige Zeit.

Und das Rad des Schicksals drehte sich. Riwkes Mann, der Musikant war in der grossen Stadt berühmt geworden. Er spielte auf grossen und glänzenden Festen. Nun schickte er nicht nur Briefe, sondern auch viel Geld nach Hause. Schliesslich kam er selbst, um seine Frau zu besuchen, und er brachte ihr viele schöne und kostbare Geschenke mit.

Reisel der Guten, jedoch, ging es schlecht. ihr Mann war von einer seltenen Krankheit heimgesucht worden. Der Bader im Schtetl konnte ihn nicht kurieren, und die teuersten Arzneien halfen ihm nicht.

Da hörten sie von einem berühmten Arzt in der grossen Stadt, und sie beschlossen, dass der Mann dorthin reisen sollte. Reisel musste jedoch ihren Mann auf der Reise begleiten. So sehr hatte ihn die Krankheit geschwächt, dass er nicht einmal ein frischgebackenes Brötchen auseinander brechen konnte, geschweige denn alleine eine Reise in die Stadt unternehmen. .

Riwke, die nun wieder unter die Leute ging, hatte vom Leid ihrer Schwester gehört. Sie beschloss, zu Reisel zu gehen, um sie um Verzeihung zu bitten und sie zu trösten. Aber Reisel und ihr Mann waren gerade in die Stadt zu dem berühmten Arzt gefahren. Als Riwke ins leere Haus trat, fand sie anstelle der gemütlichen Stube zwei armselige Betten, einen alten, zerbrochenen Tisch und einen einzigen wackeligen Stuhl; denn Reisel hatte fast alles aus dem Haus verkaufen müssen, um das Geld für die Reise, den Arzt und die Arzneien für ihren Mann zusammenzubringen.

Als Riwke das alles sah, eilte sie nach Hause. Sie nahm den Beutel mit ihrem Ersparten und brachte ihn ins Haus ihrer Schwester. Und immer wieder , wenn Reisel und ihr Mann in die Stadt gefahren waren, kam Riwke und legte Geld auf den Tisch.

Reisel fand das Geld, das sie so bitter nötig hatte und auch sie glaubte, Gott hätte ihr einen guten Engel geschickt, um ihr zu helfen,. und sie betete zu Gott und dankte ihm..

Reisels Mann genas schliesslich von seiner Krankheit. Und wieder kam das Neujahrsfest und wie es damals Sitte war, ging man am Vorabend des Festes auf den Friedhof, die Gräber der verstorbenen Eltern zu besuchen.

Auch Reisel und Riwke gingen auf den Friedhof, beide mit dankbarem Herzen.

Und so trafen sich die beiden Schwestern wieder am Grab der Eltern nach langer, langer Zeit Weinend vor Freude fielen sie sich in die Arme und waren glücklich, dass sie sich wieder versöhnt hatten. Denn sie waren ja Schwestern und liebten einander und jede hatte sich nach der andern gesehnt.

Und jede wollte vom Schicksal der andern hören und vom eigenen Schicksal erzählen. Und so vernahm die eine von der andern von dem wunderbaren Glück, das ihr widerfahren, als sie in Not und Elend war.

Und niemand weiss, ob sie einander je das Geheimnis vom guten Engel verraten haben!

Die Besessene

Im Schtetl lebte ein Krämer, namens Jakob . Die Leute lachten über Jakob und fürchteten ihn zugleich. Einerseits war er bekannt als grosser Witzbold. Fragte man ihn zum Beispiel:" Wie kommt es, Jakob, dass Ihr vor Eurem Laden roten und weissen Wein anpreist und habt doch nur ein einziges Fass?".Da anwortete er:

" Sehr Ihr, so tüchtig ist Jakob! Meint Ihr, Essig verkaufe ich nicht auch von dem selben Fass?"

Andererseits fürchtete man seine scharfe Zunge, und mancher war verletzt von seinem Spott. Und dem war jedermann ausgesetzt, die eigene Frau und die beiden Söhne mit ein geschlossen. Die Söhne nannte er Fettnapf und Spindel, die Frau Epidemia, und er behauptete, einen zärtlicheren Namen gäbe es nicht.

Nur ein Mensch war vor seinem Spott ausgenommen. Das war seine Tochter Helene, oder Hella, wie man sie nannte. Wenn er von ihr sprach, schnalzte er mit der Zunge und schnippte mit den Fingern, als ob es um etwas gar Köstliches ginge, das auf der Zunge zergeht. Es gab nichts Schöneres und nichts Klügeres und nichts Gebildeteres als seine Tochter. Er hütete sie auch über alle Massen, dass selbst die Mutter, die ihr Kind doch lieb hatte, oft missbilligend den Kopf schüttelte. Während die Söhne fleissig mithelfen mussten, durfte Hella den Kramladen nie betreten und auch im Haus keine Hand in kaltes Wasser tun.

Jakob liess die Tochter auch nicht in die Schule gehen. Obschon er kein sonderlich reicher Mann war, liess er sie von einem Hauslehrer unterrichten. Das war ein älterer Mann, ein ewiger Student, der aus lauter Angst durchzufallen, nie ein Examen abgelegt hatte.

Jakob war es gleichgültig, was der Hauslehrer sie lehrte, die Hauptsache, er brachte ihr Bildung bei. Der Lehrer las mit Hella viel Poesie und Dramen, besonders Trauerspiele, und das war ihr gerade recht. Sie war ein schwärmerisches Mädchen und wäre am liebsten Schauspielerin geworden. Aber nie hätte sie gewagt, so etwas vor dem Vater zu äussern.

Hella litt sehr unter dem goldenen Käfig, in den sie der Vater einsperrte. Manchmal träumte sie, sie wäre ein kleiner Vogel, der aus dem Käfig entwischte und in die Weite des Himmels flog, als der Vater vergessen hatte, die Käfigtüre zuzumachen.

Hella kam in die Jahre, da die Mädchen ihres Alters, eine nach der andern, sich verlobten. Für seine Tochter war dem Krämer jedoch kein Bräutigam gut genug. Als sich ein ferner Verwandter, ein Student der Zahnheilkunde, um sie bewarb, tobte Jakob:" Der Sohn eines Eierhändlers? So eine Frechheit!.....Ein Getreidehändler....., ein Holzhändler....., das hätte ich noch verstanden. Aber ein Eierhändler?! Das nenne ich unverschämt!".
Es war freilich nicht nur der Beruf des Vaters, was Jakob am Bewerber störte. Da war noch eine alte

Geschichte.... Die Mutter des Studenten nämlich, eine gemeinsame Kusine von ihm und dem Eierhändler, hatte er in seiner Jugend heftig verehrt. Sie aber hatte den gelehrten Eierhändler dem tüchtigeren, aber ungebildeten Jakob vorgezogen. Das hatte dieser nie verwunden.

Hella und der junge Mann hatten sich an einem Familienfest näher kennen gelernt und hie und da wieder gesehen. Sie mochten einander, und Hella war verzweifelt, dass der Vater ihn nicht als Schwiegersohn annehmen wollte.

Die Tante, mit welcher Hella das Zimmer teilte, hörte sie nachts in ihr Kissen weinen. Das Herz tat ihr weh um das Mädchen, und öfters stand sie auf, um es zu trösten. Auch sie war ledig geblieben, weil keiner der Männer, die um ihre Hand gebeten hatten, den Eltern gut genug gewesen war.
Ihr vertraute sich Hella an. Sie hatte beschlossen, heimlich von daheim wegzugehen und Schauspielerin zu werden.

Jedes Jahr um die Frühlingszeit, kam eine Schauspielertruppe ins Schtetl. Im Gasthaus wurde eine Bühne aufgestellt und ein Vorhang davor aufgezogen. Die Truppe nannte sich
" Die güldene Braut". Keiner weiss, wie sie zu diesem Namen gekommen war. Sie spielte Volksstücke und Trauerspiele, und die Leute im Schtetl liessen keine Vorstellung aus. Eifrig beteiligten sie sich an dem Geschehen auf der Bühne, und man hörte Zwischenrufe, wie etwa: "

Desdemona, Desdemona, lauf' weg, Desdemona! Othello will Dich töten!", oder :" Recht geschieht Dir, Du Schurke! Die Gerechtigkeit hat gesiegt!"

Lange noch nach der Vorstellung sassen die Leute im Gasthaus zusammen oder standen auf der Gasse und besprachen das Theaterstück, begeisterten sich für diesen oder jenen Schauspieler, bewunderten diese oder jene Schauspielerin oder liessen kein gutes Haar an ihnen.

Auch in diesem Jahr spielte die Truppe im Gasthaus. Überall wurden Plakate aufgehängt mit den Namen des Direktors, den Schauspielern und den Theaterstücken, die zu spielen geplant war, Tag und Stunde der Aufführungen.

Jakob war kein grosser Theatergänger. Wenn er schon einmal eine Vorstellung besuchte, gefiel es ihm nicht. Bei Trauerspielen schlief er vor Langeweile ein und störte mit seinem Schnarchen, dass man nicht verstand, was auf der Bühne gesprochen wurde. Bei Komödien rief er höhnische Bemerkungen in den Saal, die Witze hätten schon einen langen Bart, seine eigenen seien viel lustiger und geistreicher.

Aber Hella pflegte er mit der Mutter oder der Tante ins Theater zu schicken, weil es, wie er sagte, zur Bildung gehöre.

Sobald Hella erfuhr, dass " Die güldene Braut" im Schtetl angekommen war, überkam es sie wie Fieber. Die Tante sprach ihr Mut zu, und heimlich ging sie zum Gasthaus.

Dort bat sie, den Direktor der "güldenen Braut" zu sprechen.

Hella war ein wenig verängstigt, doch der Direktor, ein grosser, ernster Mann in mittleren Jahren, empfing sie nicht unfreundlich, Schüchtern trug sie ihm ihre Bitte vor: Er möge sie in seiner Truppe aufnehmen und sie zur Schauspielerin ausbilden.

Sie brachte ein Buch mit Dramen mit, das sie mit ihrem Hauslehrer gelesen hatte. Daraus deklamierte sie dem Direktor aus einem Trauerstück vor.

"Als Tragödin würde sie sich nicht schlecht machen...", dachte der bei sich.

„ Sie ist hoch gewachsen, hat ein blasses, ausdrucksvolles Gesicht, flammende Augen, ist begeistert....aber Talent ? nicht übermässig!..."

Irgenwie tat ihm aber das Mädchen leid, und er mochte es nicht kränken. Und so meinte er schliesslich:: "Liebes Fräulein, nehmen Sie dieses Manuskript. Wir spielen dieses Stück morgen Abend. Lesen Sie die Hauptrolle zu Hause durch, und übermorgen hören wir Sie noch einmal an!"

Damit übergab er Hella den Text eines Trauerspiels.

Das Stück hiess „Die Besessene" und handelte von einem Mädchen, das besessen war vom Geist seines toten Bräutigams, den es sehr geliebt hatte und nicht hatte heiraten dürfen. Der Geist des Bräutigams wohnte im Körper des Mädchens und sprach mit seiner Stimme aus ihr.

Am Abend, als alle schon zu bett gegangen waren und schliefen, fing Hella an, das Stück zu lesen. Es passte, wie ihr schien, gerade zu ihrem eigenem Schicksal, und sie weinte bittere Tränen. Dann aber fing sie an, die Rolle zu spielen und immer lauter und immer begeisterter.

Die Tante wachte erschrocken auf und schaute ihr eine Zeitlang entgeistert zu. Hella redete mit einer tiefen Männerstimme und zuckte und wand sich vor Schmerz und Weh!
Schliesslich stand die Tante auf und bebend vor Angst   weckte sie die Mutter. Diese eilte erschrocken ins Zimmer. Hella bemerkte sie nicht, sie schien in eine andere Welt geraten zu sein. Sie spielte nicht mehr die Besessene, sie war selbst wie besessen!

Die Mutter versuchte das Mädchen aufzuhalten, zu beruhigen, aber es half nichts. Schliesslich lief sie, um den Vater zu wecken. Sie schüttelte ihn und schrie:" Etwas Schreckliches ist passiert! Unsere Tochter ist verrückt geworden! Und Du, Du allein bist schuld daran!"

Zu Tode erschrocken sprang Jakob aus dem Bett und lief ins Zimmer zu Hella. Ratlos starrte er auf das Treiben der Tochter. " Hole schnell den Bader", flehte ihn die Mutter an, " vielleicht wird er unserem Kind helfen. " Was soll der Bader?", schrie Jakob." Damit morgen die ganze Stadt davon redet?!" " Dann rufe den Rabbi,", beschwor ihn die Mutter ," damit er den bösen Geist aus unserer Tochter treibt!"

Da mischte sich die Tante ein. " Nicht den Bader und nicht den Rabbi sollt ihr rufen! Geht zu dem Eierhändler und bringt seinen Sohn zu Eurer Tochter. Dann wird sie genesen!"

"Was soll ich Euch sagen ", endete Grossmutter Frieda die Geschichte. " Hella wurde nicht Schauspielerin. Jakob richtete eine schöne Hochzeit aus und verheiratete Hella mit Nathan, dem Sohn des Eierhändlers.

Irgendwie war die Geschichte bekannt geworden im Schtetl, und wenn die Leute Jakob fragten , wie es denn der Tochter gehe, zwinkerten sie spöttisch mit den Augen.

Doch Jakob antwortete nicht mehr wie früher mit einem Schwall von Lobesgesang auf die Tochter. Schnell schwenkte er auf den Schwiegersohn, den Zahnarzt, über.

Und von ihm sprach er, in dem er die Stimme ehrfürchtig senkte, wie von etwas Köstlichem, das auf der Zunge zergeht......."

Der Lastträger

Im Schtetl lebte ein Lastträger, ein wunderlicher junger Mann. Alle kannten ihn als Jossel, den Lastträger. Niemand wusste genau, wer er war und woher er kam, nur dass er eine Waise war, und ein Onkel ihn aufgezogen hatte. Der war selber Lastträger gewesen.

Jossel war nie in eine Schule gegangen, aber er war ein heller Kopf und man unterhielt sich gerne mit ihm. Oft stellte er Fragen,, die man nicht so leicht beantworten konnte, und so nannten ihn manche auch Jossel, der Frager. Gesprächig war er allerdings nicht mit jedermann, wenn ihm jemand nicht passte, schwieg er sich aus.

Er half bei Umzügen. und wo immer Lasten zu tragen waren, trug die Koffer der Reisenden, die mit der Bahn kamen. Die hielt zwei Mal am Tage im Städtchen Er pflegte auf der Bank an der Bahnstation zu sitzen, und wenn man einen Auftrag für ihn hatte, fand man ihn dort.

Meistens sass er da und las. Das Lesen hatte er sich selbst beigebracht. Reisende schenkten ihm ihre ausgelesenen Zeitungen, und so wusste er immer, was es Neues gab, und was in der Welt vorging. Ausser der alten, zerschlissenen Bibel, die ihm der Onkel zurückgelassen hatte, besass er kein einziges Buch.Die Bibel kannte er schon fast auswendig, manche Stellen las er immer und immer wieder.

Vieles in der Bibel konnte er nicht verstehen. Keine Minute zweifelte er daran, dass alles, was darin geschrieben stand, wahr und alles, was Gott tat, gerecht sei. Aber warum so und nicht anders, und überhaupt vieles auf der Welt, in der Natur und zwischen den Menschen, schien ihm seltsam und unerklärlich und liess ihn viel nachsinnen..

Besonders die Geschichte von Adam und Eva und der Schlange liess ihm keine Ruhe.Warum hatten Adam und Eva vom Baum der Erkenntnis gegessen? Wohl sicher nicht, weil es ihnen an Früchten gemangelt hätte im Paradies! Es musste sie einfach nach der Erkenntnis gelüstet haben! Und das konnte Jossel sehr gut verstehen.

Und was wäre gewesen, wenn Adam und Eva nicht vom Baum der Erkenntnis gegessen hätten? Wie hätten sie die Wunder der Schöpfung erkannt? Wie konnten sie sich bemühen gut zu sein, wenn sie Schlechtes nicht erkannten? Und er selbst, Jossel, wäre kein Lastträger gewesen. Er wäre im Paradies umhergewandelt und hätte Früchte vom Baum gepflückt, wenn er hungrig war, genau gleich wie die Tiere äsen auf der Weide.

Gott mochte die Schlange geschickt haben, um die Menschen wählen zu lassen, Paradies oder Erkenntnis. Und er, Jossel, war froh, dass Adam und Eva Erkenntnis gewählt hatten. Auch wenn sie aus dem Paradies vertrieben worden waren, die Wahl war den Preis wert!

 Gott hat ihnen also die Wahl gelassen?! Und somit wählt jeder sein Schicksal selbst?!

Jossel hütete sich davor, mit jedem über seine Gedanken zu sprechen. Als er noch jünger war, fast noch ein Knabe, hatte man ihn dafür streng zurechtgewiesen. Es schicke sich nicht für einen jungen Menschen, und noch dazu einen unwissenden Lastträger, solche Fragen zu stellen und die heilige Schrift auf seine Art auszulegen. Das sei Gottlästerung und Ketzerei, belehrte man ihn.

Von Zeit zu Zeit kam ein Reisender ins Städtchen, um seine alte Mutter zu besuchen. Mit ihm konnte Jossel über vieles reden, was ihn beschäftigte.

Joel Adamsohn, so hiess der Reisende, war ein gelehrter Mann. Er hatte bemerkt, dass Jossel einen hellen Kopf hatte. Halb ernst, halb scherzend verwickelte er ihn immer in ein Gespräch, wenn er neben Jossel, der seinen Koffer trug, von der Bahnstation den Weg zum Haus seiner Mutter ging."Nun Jossel", pflegte er etwa zu fragen. „Hast du das und das in der Zeitung gelesen? Und was hälst du davon? Glaubst du, dass sie auf dem Balkan wieder Krieg beginnen werden?"

Jossel anwortete ihm auf seine Art und Joel Adamsohn gefiel es, mit ihm zu sprechen und seine Fragen zu beantworten. Aber auf alles wusste auch er keine Antwort.

Joel Adamson war nicht nur ein Gelehrter, sondern auch ein wohlhabender Handelsmann. Er war verwitwet und hatte eine einzige Tochter, Golda. Die war hübsch und klug.und belesen. Die Heiratsvermittler gaben sich einer nach dem andern die Klinke in die Hand, aber keiner der jungen Männer gefiel Golda. Der eine war zu ungebildet, der andere zu selbstgefällig und eitel, der dritte herzlos, und keiner war ihr klug genug.

Einmal nahm Joel seine Tochter mit auf die Reise, damit sie die Grossmutter besuche. Auf dem Weg von der Bahn lauschte Golda aufmerksam dem Gespräch, dass er mit dem Lastträger führte. Ab und zu mischte sie sich mit einem Wort ein und immer eifriger. Erstaunt bemerkte Joel. dass sie Jossel wohlgefällig von der Seite betrachtete.

Jossel war ein grosser, kräftiger Mann mit breiten Schultern, einer ruhigen, tiefen Stimme und obschon sein Gesicht stoppelbärtig war, schien es nicht unedel, wenn man näher hinblickte. Trotz der groben Kleider und der alten, Schirmmütze, sah er doch recht ordentlich aus. Seine Rede war einfach und bescheiden , aber nicht untertänig. Aus den dunklen Augen leuchtete sogar ein wenig Stolz.

Der Vater sah es mit Verwunderung.......! Der Lastträger schien der erste Mann zu sein, der Golda gefiel!

Allerlei Gedanken liefen Joel durch den Kopf. ....Ein Lastträger als Schwiegersohn? Kommt das in Frage?....... Was würden die Verwandten dazu sagen, und die Leute? Ist Joel verrückt geworden, verheiratet die einzige Tochter mit einem ungebildeten Lastträger? ....Andererseits gehen die Jahre vorüber, und sie gehen schnell vorüber..... wer weiss, ob Golda, Gottbehüte, nicht schliesslich eine alte Jungfer wird? Und nie wird er, Joel,

Enkelkinder auf seinen Knien schaukeln!..............
Aber ein einfacher, ungebildeter Lastträger, der nie
zur Schule gegangen ist, der, ausser der alten,
zerschlissenen Bibel, noch nie ein Buch gelesen
hat?!......... Andererseits war er nicht dumm, der
Lastträger, und Manieren kann man jedem
beibringen, wenn er nur will, ...lernbegierig ist er
auch!............ Man zieht ihm einen besseren Anzug
an, lehrt ihn Manieren und schon sieht er wie ein
gebildeter, junger   Mann aus gutem Hause
aus!........

Nach einer Woche reiste Joel mit der Tochter
wieder ab, und Jossel trug die Koffer und die
Reisetaschen zur Bahn. Golda, in einem schönen,
weissen Kleid ging zwischen dem Vater und dem
Lastträger und beteiligte sich am Gespräch. Hin und
wieder schwieg sie und betrachtete   Jossel
nachdenklich von der Seite. Mit Genugtuung
bemerkte Joel, dass auch Jossel verstohlene Blicke
auf sie warf.

Als Jossel die Koffer im Zug verstaut hatte, zog Joel
seine Börse aus der Tasche, um ihm zu bezahlen.
Jossel weigerte sich, Geld anzunehmen. Das
Gespräch sei tausendmal mehr wert als der Lohn
für seine Arbeit, meinte er. „ So werde ich dir, wenn
ich wieder komme, ein Buch mitbringen",versprach
Joel.

Joel Adamson kam nicht wie sonst nach einigen
Monaten, sondern nach einigen Wochen zurück. Er
hatte, wie versprochen, ein Buch mit Geschichten

und Gleichnissen für Jossel mitgebracht. Auf dem Weg zur Mutter lud er ihn ein, ihn zu besuchen.

Am Abend, nachdem keiner ihn mehr brauchte, machte sich Jossel auf den Weg zu Joel Adamsohn. Joel empfing ihn freundlich und liess ihn sich niedersetzen. Zu seiner Verwunderung reichte ihm die alte Mutter ein Glas Tee und ein Schälchen mit Eingemachtem.

Bald waren sie in ein Gespräch vertieft, als Joel plötzlich wie nachdenklich wurde.

„Du hast einen guten Kopf, Jossel", sagte er schliesslich , „ du hast gute Gedanken. Willst du dein Leben lang als Lastträger fristen?"

Jossel dachte nach. Dann entgegnete er: „ Ich wüsste nichts Besseres für mich als Lastträger zu sein!"

Joel wunderte sich. Was meinte Jossel damit?

."Nun, ja", erklärte Jossel , "ein Mensch, der nur denkt, scheint mir wie ein Blatt an einem Zweig. Der Wind schaukelt es hin und her, reisst es ab, wirbelt es herum, fegt es zu Boden. Wenn ich eine Last trage, fühle ich die Last auf mir und mich selbst, ich fühle den Boden unter mir und die Schritte, die ich tue, um die Last von einem Ort zum andern zu bringen. Es ist mir, als ob ich an der Schöpfung teilhabe, etwas daran verändere, etwas Nützliches tue, auch wenn es nur so gross ist wie ein Sandkorn, dass ich von einem Platz zum andern bringe.Wie der Tischler, der aus einem Stück rohem Holz einen Tisch oder ein Bett zimmert, oder der

Schuster, der aus einem Stück Leder ein paar Schuhe fertigt, damit die Füsse nicht schmerzen.

Und ausserdem hat Gott mir starke Glieder gegeben. Ich würde Gott beleidigen, wenn ich sie nicht nützte."

„ Auch mit dem Kopf tut man Nützliches. Nimm` etwa diejenigen zum Beispiel, die berechnen, wie eine Brücke gebaut werden muss, damit sie nicht einstürzt. Oder Gelehrte und Forscher für die Gesundheit der Menschen, und viele andere. Selbst Handelsleute sind nützlich; denn sie bringen das Holz, nachdem es geschnitten und in Bretter zerlegt wurde, dem Tischler und das Leder, nachdem es gegerbt wurde, dem Schuster. Du hast einen guten Kopf, Jossel! Du würdest doch Gott beleidigen, wenn Du ihn nicht nützen würdest!"

„ Aber ich bin nie zur Schule gegangen. Das Einzige, das ich kann, ist Lasten tragen. Es ist zu spät, um etwas anderes zu lernen."

„Es ist nie zu spät, etwas zu lernen, wenn man nur will!"

So ging der Disput zwischen Jossel und Joel hin und her. Schliesslich sagte Joel :" Wenn du magst, nehme ich dich zu mir. Meine Tochter wird dich unterrichten, im Schreiben, im Rechnen, in Geografie, in Geschichte - alles, was du versäumt hast. In meinem Haus ist ein Zimmer, da stehen an einer ganzen Wand nur Bücher. Komm mit mir, und du wirst lesen und lernen, soviel du magst."

Jossel wurde es beinahe schwindlig. Immer hatte er davon geträumt, zu lernen und Bücher zu lesen. Und ausserdem war er noch nie aus dem Schtetl herausgekommen.

„Und was ist mit Arbeit?", brachte er schliesslich hervor.

„Mach` dir keine Sorgen darüber," beruhigte ihn Joel. „ Ich brauche Hilfe in meinem Geschäft."

Jossel schwieg, er war zu benommen, um zu antworten

„.Überlege es dir,"sagte Joel ," und gib mir in ein paar Tagen Antwort."

Aus dem Schrank holte er das versprochene Buch und überreichte es dem Lastträger. Über dessen Gesicht ergoss sich Röte, vor Freude und vor Verlegenheit.

Als Jossel nach Hause ging, war ihm, als ob sich die Welt um ihn drehte, und auch am nächsten Tag wunderten sich die Leute, dass der sonst so gelassene Lastträger auf einmal so unstet und zerstreut war.

 Am Abend, zu Hause in seiner Hütte, fing er an in dem Buch, das Joel ihm mitgebracht hatte, zu lesen. Dabei schien ihm, als ob er in eine andere, eine verzauberte Welt geraten sei. Er konnte nicht mehr aufhören und las beim Licht einer Kerze bis zum Morgengrauen.

Am nächten Tag drehte sich Joels Vorschlag wie ein Kreisel in Jossels Kopf..... Lesen, Lernen...eine ganze Wand voll von Büchern..... Tagsüber könnte er für Joels Geschäft Lasten tragen, nach der Arbeit lernen und lesen..... Konnte ihm überhaupt etwas Besseres geschehen?!....

Am Abend war sein Beschluss gefasst : Er würde Joel Adamsohns Angebot annehmen.

Joel schien erfreut, als Jossel ihm seinen Entschluss mitteilte.Der packte seine Habseligkeiten zusammen, es waren nicht viele, ein paar Kleider, die zerschlissene Bibel und das geschenkte Buch. Er holte Joel im Gasthaus ab und beide begaben sich auf die Reise.

Es war das erste Mal in seinem Leben, dass Jossel reiste. Wie ein Kind freute er sich an der vorüberziehenden Landschaft, die Bäume und die Felder und die Häuser, die auftauchten und wieder verschwanden. Die fremden Bahnhöfe, an welchen der Zug anhielt, kamen ihm vor, als ob sie zu Städten in weit entfernten Ländern gehörten, wo die Menschen andere Sprachen sprechen.

Unterwegs fragte ihn Joel aus, woher er käme und wer seine Eltern gewesen seien.

Jossel wusste nicht viel zu erzählen über seine Herkunft.Von Onkel und Tante, die selbst keine Kinder gehabt hatten, war er aufgezogen worden. An die Eltern könne er sich kaum mehr erinnern. Beide waren an Lungenkrankheit gestorben, als er noch ein kleines Kind war. Der Vater soll gelehrt gewesen sein und die Mutter eine ernste junge

Frau, hatte die Tante ihm erzählt. Schon als er zehn Jahre alt gewesen war, hatte ihn der Onkel - eigentlich war es der Grossonkel - zur Arbeit mitgenommen und ihn gelehrt, wie man Lasten trägt. Sie waren gute Menschen gewesen, der Onkel und die Tante. Beide waren vor einigen Jahren gestorben. Seither lebte er allein in der kleinen Hütte am Stadtrand.

Joel Adamsohn wohnte in einer grossen Stadt. Jossel riss die Augen auf vor Erstaunen. Die Häuser waren hoch , die Strassen breit und gepflastert. In den Läden gab es viel Buntes zu kaufen, die Leute trugen an gewöhnlichen Tagen elegante Kleider, Frauen riesige Hüte wie Wagenräder, Männer Zylinder.

Joel bewohnte ein Haus mitten in der Stadt. Vorne waren zwei Kontoren, in dem einen sass Joel an einem grossen Schreibtisch, im andern ein Buchhalter und andere Angestellte.

Verstohlen schaute sich Jossel um, wo die Lasten stünden, die er zu schleppen hatte, aber er konnte nichts entdecken. Joel zeigte ihm das riesige Gestell voll mit Büchern, das nahm wirklich eine ganze Zimmerwand ein.

Er wurde in eine Kammer geführt, das war seine Schlafkammer. Da brannte elektrisches Licht. Jossel hatte davon in den Zeitungen gelesen, aber selber noch nie gesehen..

Am nächsten Tag kam ein Schneider und nahm Mass, um Jossel einen Anzug zu nähen. Für die Arbeit, erklärte man ihm. Jossel verstand nicht, wozu er einen neuen Anzug brauche. Um Lasten zu tragen? Da waren doch die alten Kleider gerade recht?!

Joel erklärte ihm, dass er etwas anderes für ihn im Sinn habe. Er werde ihm, wie er ihm versprochen hatte, in seinem Geschäft helfen. „Aber vorher musst du noch viel lernen.", sagte er.

Jossel war zu allem bereit, was Joel von ihm verlangte, wenn er nur bald anfangen konnte, die Bücher im Wandgestell zu lesen.

Joel Adamsohn handelte mit Grundstücken, Häusern, Bauland und Wäldern. Er nahm Jossel mit auf seine Reisen, wenn er etwas erwarb oder wieder verkaufte. Golda gab ihm Unterricht im Schreiben und Rechnen. Er musste Buchstaben und Wörter und Zahlen in Schulhefte malen, aus Büchern abschreiben, auf dem Papier rechnen, kurz was Kinder in der Schule lernen.

Jossel war ein gelehriger Schüler, aber der beste Schüler kann nicht in kurzer Zeit nachholen, was man Kindern in mehreren Jahren einpaukt. Golda hatte es aber eilig und manchmal wurde sie sogar ein wenig ungeduldig, wenn Jossel nicht sogleich kapierte.

Jossel lernte Tag und Nacht. Er wollte Joel nicht enttäuschen, er war ihm zutiefst dankbar. Ausserdem konnte er es kaum erwarten, endlich die Bücher zu lesen. Einmal hatte er bereits verstohlen ein Buch aus dem Regal genommen, darin geblättert, aber wenig noch davon verstanden. Nun, mit der Zeit würde er mehr wissen, tröstete er sich und strengte sich noch mehr an.

Man lehrte ihn auch Sitten am Tisch und im Umgang mit den Kunden und den Geschäftsleuten, mit den Frauen und den Männern, die zu Besuch kamen. Joel stellte ihn als Josef, der Sohn von Freunden vor, aus dem Städtchen, woher er selber stammte, und man behandelte Jossel mit Respekt.

Alles ergab sich, wie Joel es geplant hatte. Jossel gab sich alle Mühe und da er einen klugen Kopf hatte, konnte er ihm bald bei seinen Geschäften helfen. Joel lobte ihn über alle Massen, und eines Tages eröffnete er ihm, dass er bereit sei, ihn zum Schwiegersohn zu nehmen.

Jossel war überrascht. Er hatte grosse Hochachtung vor Golda, sie war Joels Tochter und seine Lehrerin, aber als seine Frau, eines Lastträgers Frau, hatte er sie sich nie vorzustellen gewagt. Doch war sie schön und und vor allem gelehrt, und die Aussicht, sie zur Frau zu haben, ein eigener Hausherr zu werden mit Frau und Kindern, was könnte verlockender sein?!.....

Er bat Golda um ihre Hand, nicht schüchtern, aber auch nicht unbescheiden, wie es eben seine Art war, und Golda nahm mit Freuden an.

Joel liess eine grosse Hochzeit ausrichten, mit Musik und Tanz, mit Wein und erlesenen Speisen.

Viele Gäste von nah` und fern waren geladen. Golda war eine wunderschöne Braut und Jossel ein stattlicher Bräutigam, und alle beglückwünschten Joel.

Alles verlief, wie Joel es sich gewünscht hatte. Bald lag ein kleiner Enkelsohn in der Wiege und dann noch einer. Jossel übernahm immer mehr von den Geschäften, und Joel konnte immer öfters in seinen Büchern studieren.

Jossel verstand sich gut auf die Geschäfte, er wurde selbst ein reicher Mann. Die Leute beneideten ihn, er hatte alles was man sich nur wünschen kann, Frau und Kinder, Reichtum und Ansehen.

Nur er selbst war oft nicht zufrieden. Er kam vor lauter Geschäften höchstens am Feiertag dazu, in einem Buch zu lesen, die Gespräche mit Joel waren nicht die Gespräche, die er mit ihm geführt hatte, als er noch ein Lastträger war. Sie drehten sich meistens um das Geschäft, und mit Golda sprach er über das Haus und die Kinder und alltägliche Dinge. Manchmal fragte er sich im Stillen, ob er richtig gewählt hatte, als er auf Joels Vorschlag eingegangen war.

Die Jahre vergingen.Eines Tages fuhr Jossel in sein altes Schtetl, er hatte dort geschäftlich zu tun. Es war das erste Mal seit er es verlassen hatte. Als er von der Bahn stieg, fand er einen jungen Lastträger auf der Bank, auf welcher er früher zu sitzen pflegte.

Der Lastträger, er hiess Daniel, trug ihm den Koffer ins Gasthaus. und unterwegs begann Jossel ein Gespräch mit ihm. Nebenher fragte er:" Na, bist du zufrieden mit deinem Beruf?"

Der Lastträger wusste nicht so recht, was er mit der Frage anfangen sollte. "Es ist mein Beruf," antwortete er schliesslich." Ich habe Frau und Kind zu ernähren! Gar leicht ist es nicht!"

Im Gasthaus erkannte ihn kein Mensch. Als er nach Jossel, dem früheren Lastträger fragte, antwortete man ihm: " Jossel? Jossel, der Frager ? Nun, der hat doch eine reiche Tochter geheiratet, die sich in ihn verliebt hat "

Am nächsten Tag begegnete Jossel Daniel, dem jungen Lastträger wieder. Der trug gerade einen schweren Kasten auf dem Rücken. Halb scherzend bat ihn Jossel: „ Lass` mich mal sehen, ob ich noch Kraft habe wie einst als junger Mann. Lass` mich doch mal den Kasten tragen!' Er nahm dem verwunderten Lastträger den Kasten ab und hob ihn auf den eigenen Rücken. Es gielang ihm schwer, aber es gelang ihm , und mit Genugtuung trug er den Kasten ein Stück Wegs.

Jossel ging weiter, seine Geschäfte zu erledigen. Wehmut stieg in ihm auf. Er erinnerte sich der Tage, da er noch frei war und als Lastträger auf der Bank gesessen, auf Kunden gewartet, die Zeitungen und die Bibel gelesen und Fragen gestellt hatte. Er erinnerte sich an seine Träume, zu lernen und zu lesen und an seine Gespräche mit Joel Adamsohn.

Als Jossel seine Geschäfte erledigt hatte, suchte er wieder den Lastträger auf. Der sass wie gewöhnlich auf der Bank an der Bahnstation und las in einer Zeitung. " Höre Daniel", sagte er zu ihm," ich will dir einen Vorschlag machen", und er schlug ihm einen seltsamen Handel vor.

Der Lastträger wusste nicht, was er davon halten sollte, ob der Mann in dem teuren Anzug und dem eleganten Mantel etwa gar verrückt sei! Immerhin bot er ihm eine hübsche Summe Geld an, und er konnte es gut brauchen, und so willigte er schliesslich in den Handel ein.

Am nächsten Morgen, in aller Frühe, holte der Lastträger Jossel im Gasthaus ab und beide begaben sich in die Hütte am Stadtrand, in welcher Jossel früher gelebt hatte. Die Hütte war alt und verwittert, aber man konnte zur Not noch darin wohnen. Dort gab Jossel dem Lastträger die versprochene Summe Geld in die Hand, und dann tauschten sie die Kleider.

 Jossel ging in des Lastträgers Kleider zur Bahnstation und, wie früher setzte er sich auf die Bank und wartete auf Kunden

Und wie früher begann er sich Fragen zu stellen und nachzudenken. Er gübelte nach , wozu ein Mensch auf die Welt kommt und lebt, und vor allem suchte er eine Antwort auf die alte Frage, die ihn schon als jungen Mann beschäftigt hatte, ob der Mensch sein Schicksal selber wähle, oder ob Gott ihn führe.

Gott wusste doch , überlegte er, dass die Schlange Eva verführen würde, die verbotene Frucht vom Baum der Erkenntnis zu essen, denn er wusste ja, dass Eva und Adam neugierig waren und ihre Neugier nicht überwinden würden, auch wenn ihnen Strafe drohte. Gott hatte sie ja selber so erschaffen!

Auch er, Jossel, war neugierig gewesen, hatte nach Wissen gehungert, und Joel, sein Schwiegervater, hatte das erkannt. Nun, schlecht war es ihm eigentlich dabei nicht ergangen! Er hatte Golda zur Frau, wohlgeratene Kinder, Ansehen!

Adam und Eva hingegen waren für ihre Neugier bestraft worden. Sie waren aus dem Paradies vertrieben worden.

War das die Strafe? War nicht die Erkenntnis selbst, nach der es sie gelüstet hatte, die Strafe? Was war ärger als sich selbst als klein und nichtig zu erkennen?!

So sass und sinnierte Jossel auf seiner Bank, während er auf Arbeit wartete. Es kamen ein paar Leute aus dem Schtetl mit Aufträgen, und sie wunderten sich über den neuen Lastträger. Keiner erkannte ihn.

Am Abend begab er sich in seine alte Hütte. Die Glieder schmerzten ihn, denn er war das Lastentragen nicht mehr gewöhnt.Er legte sich auf sein altes Bett, das war hart und feucht und roch schimmlig. Er war aber so müde, dass er sogleich in tiefen Schlaf fiel.

Am nächsten Morgen stand er wie zerbrochen auf und begab sich mühsam zur Bahnstation.Wie ein alter Mann setzte er sich auf die Bank und hoffte, dass keiner einen Auftrag für ihn hätte.

Wieder gab er sich seinen Gedanken hin. Warum, überlegte er, wurden Adam und Eva bestraft? Sie hatten doch nur getan, was sie tun mussten? Ihrem Schicksal hatten sie doch so wenig entfliehen können, wie er, Jossel, dem seinigen?

Nach einigen Tagen, noch bevor der Kontrakt mit dem Lastträger Daniel zuende war, bat er ihn, die Kleider wieder zu tauschen. Sogleich setzte er sich in die Bahn und freute sich , wieder nach Hause zu seiner Frau und seinen Kindern zu fahren.

Fortan wunderten sich die Leute über den seltsamen Mann, der von Zeit zu Zeit ins Schtetl kam und in seinem eleganten Kleidern neben Daniel, dem Lastträger, auf der Bank sass, mit den Leuten redete, nachdachte und Fragen stellte, die niemand beantworten konnte.

Er selbst grübelte über die Frage nach , was Gott wohl im Sinne habe, wenn der eine schön und klug und kräftig auf die Welt komme und ein anderer hässlich und dumm und schwach, der eine neugierig, bei dem Frage und Erkenntnis einander jagen und ihn quälen, und ein anderer

unbekümmert wie einst Adam und Eva, bevor sie von der Erkenntnis gekostet hatten.

Der falsche Krämer

Leiser, der Krämer, war ein rechtschaffener und fleissiger Mann, und doch sehr arm. Wie sehr er sich auch abmühte in seinem Kramladen, er brachte es nicht auf einen grünen Zweig. Das kam daher, dass manche Leute bei ihm borgten und nicht bezahlten, entweder weil sie arm waren oder Leisers Gutmütigkeit ausnützten. Er scheute sich, die Leute zu mahnen und in Verlegenheit zu bringen, wenn sie kein Geld hatten und nicht bezahlen konnten. Er hatte auch nicht das Herz, einer armen Witwe oder einem alten, gebeugten Mann oder einem hungrigen Kind, etwas zu verweigern, wenn sie in den Kramladen kamen und um ein wenig Öl oder Grütze oder Zucker oder was immer baten.

Es gab Leute, die ihn für ein wenig einfältig hielten und sich über ihn lustig machten, und das verdross Leiser. Aber wie konnte er anders handeln, wenn er doch so geschaffen war!

Leiser lebte mit Blimel, seiner Frau, und ihren Kindern in einem winzigen Häuschen. Das hatte neben dem Kramladen nur eine Stube und eine kleine Kammer, das Dach war vielmals geflickt. Dennoch lebten sie ganz zufrieden.

Eines Tages geschah Leiser etwas ganz Sonderbares. Er war in der Stadt gewesen, um einzukaufen, Kerzen, Streichhölzer, Zucker, Grütze, Öl, Streichhölzer, Heringe, saure Gurken - alles, was man so in einem Kramladen verkauft.

Es war schon dunkel, als er sich auf den Heimweg machte.

Als er so seines Weges ging und den kleinen Wagen mit der Ware, die er eingekauft hatte, vor sich her schob, wanderten ihm allerlei Gedanken durch den Kopf. Er dachte an Blimel und seine Kinder, den Kramladen und das Leben, das er führte.

Der Weg war lang, und Leiser war müde und hungrig. Er sehnte sich
nach Hause, nach Blimel und den Kindern. Endlich erblickte er das Schtetl auf dem Hügel, und als er näher kam, sah er auch sein Häuschen von weitem. Doch traute er seinen Augen nicht. Das Häuschen kam ihm viel grösser vor, und es hatte ein neues Dach Die Fenster waren beleuchtet, als ob drinnen ein Fest gefeiert würde.

Je näher Leiser kam, umso mehr wuchs sein Erstaunen. Die Fensterscheiben waren blank geputzt, und schöne, weisse Gardinen hingen davor. Anstelle der alten , krummen Haustüre, die aus den Angeln hing, war da eine neue, schwere aus glänzendem Holz.

Leiser stellte seinen Wagen ab und eilte zum Fenster. Anstelle der kleinen Kammer waren zwei - drei - ein eigenes Schlafgemach für ihn und Blimel - in einer andern Kammer sass Schmulik, sein ältester Sohn und studierte. Aus der Stube tönten fremde Stimmen und Leiser blickte hinein. Was er da sah, war so seltsam, dass ihm der Atem stockte.

Da stand ein grosser Tisch, mit allem Guten reich gedeckt. An dem Tisch sassen seine Kinder und die

Reichen und Angesehenen des Dorfes als Gäste. Und obenan sass er selber und trug eine schöne, neue Joppe. Sein Gesicht war seltsam hart und verzerrt, seine Augen funkelten böse, obschon er mit den Gästen scherzte.
Die Frau und die Kinder trugen neue Kleider. Die waren aus teurem
Tuch gefertigt. Blimel und Feigele, die älteste Tochter, trugen dampfende Schüsseln
mit köstlichen Speisen auf.

Die Gäste redeten und lachten und taten sich gütlich an Speise und Trank. Doch Blimel und die Kinder, sonst so fröhlich, sassen ernst und schweigsam auf ihren Stühlen und nippten kaum von den guten Speisen, die in Tellern aus feinstem Porzellan mit goldenen Rändern vor ihnen standen. Nur das Jüngste hüpfte lustig auf des Vaters Knien auf und nieder und spielte mit der schweren, goldenen Uhrkette, die über seinem Bauch hing.

Und wie sie da drinnen tafelten und scherzten, er, Leiser, und die Gäste,

näherte sich eine armselige Gestalt dem Hause. Sie bemerkte ihn

nicht, denn es war dunkel. Er aber erkannte sie. Es war die

alte Zippe, die arme Nachbarin, die keinen Mann und keine Kinder hatte.

Sie klopfte leise an die Türe, und niemand hörte sie. Als man sie schliesslich bemerkte, und ihr öffnete, bat sie scheu um ein wenig Öl für ihr Lampe. Es war ja Herbst und dunkelte früh, und in ihrer Hütte war es ganz

finster. Schmulik wollte, wie er es gewohnt war, aufspringen und

nebenan im Kramladen ihr Töpfchen mit Öl füllen. Doch er, Leiser der Krämer, gebot ihm streng, sitzen zu bleiben. "Feierabend ist jetzt", sagte er barsch zur alten Zippe, "der Kramladen ist geschlossen. Komme morgen wieder und

hole, was du brauchst! Aber nur, wenn du deine alte Schuld bezahlst!"

Verängstigt machte sich Zippe wieder auf den Weg und tastete sich mit ihren schwachen Augen durch die Dunkelheit.

Bald darauf kam Rachel, die Frau des Schusters, und bat um ein wenig Grütze, um für ihren Mann eine Suppe zu kochen. Auch sie musste unverrichteter Dinge umkehren.

Im Leisers Herz wandelte sich das Staunen in Zorn, und der wuchs immer stärker. Schliesslich gewahrte er den Sohn des eigenen Vetters, der ausgeschickt worden war, Teekräuter für die kranke Mutter aus dem Kramladen zu holen.
Als der Junge, unter dem Gespött der Gäste weggeschickt wurde und weinend nach Hause lief, hielt es Leiser nicht länger aus am Fenster. Mit Gewalt stürmte er ins Haus. Er ergriff einen Stock und fegte voller Wut das schöne Geschirr und die guten Speisen vom Tisch und verjagte die verdutzten Gäste. Den falschen Krämer packte er am Kragen und warf ihn mitsamt der neuen Joppe und der goldenen Uhrkette zur Tür hinaus. Und so machte er dem bösen Spuk ein Ende!

Doch nicht seine Hand hatte den falschen Krämer hinausgeworfen...........!

Blimel hielt ihn an der Schulter und wollte ihn wachrütteln. "Leiser, wach`auf, wach' auf`! Es ist nur ein Traum! Wach`auf!", versuchte sie ihn zu beruhigen..
Aber es war, als ob Leiser nicht erwachen wollte. Mit Armen und Beinen schlug er um sich und wütendes Brummen kam aus seiner Kehle.

Als er schliesslich doch ganz wach war, lachte er laut und herzlich zu Blimels grossem Erstaunen. Aber noch mehr verwunderte es sie, dass er nach seinem schweren Traum, wie sie vermeinte, so fröhlich und wohlgemut, wie noch nie zuvor, den neuen Tag begann.

Das Geschenk

In einem Städtchen lebte eine angesehene Familie, die war fromm und hielt auf strenge Sitten und war für ihre Barmherzigkeit bekannt. Jedem Bettler, der an die Türe kam, gaben sie ein Almosen, Fremde luden sie an ihren Tisch und spendeten Geld für das Waisenhaus und die Armen in der Stadt..

Adam, der Vater, hatte ein Ehrenamt in der Gemeinde, er kümmerte sich um das Waisenhaus, und Pauline, die Mutter, stattete mit andern wohltätigen Frauen arme Bräute mit einer Mitgift aus. Sie hatten fünf Kinder, zwei Töchter und drei Söhne. Die waren alle wohlerzogen und gesittet. Eine alte, unverheiratete Verwandte, Tante Mindel, hatten sie auch aus Wohltätigkeit in ihr Haus aufgenommen.

Tante Mindel schlief in einer Kammer neben der Küche. Tagsüber sass sie neben dem Fenster und nähte und stopfte, strickte und häkelte. Neben ihr stand ein grosser Korb mit ausgetragenen Kleidern und Flicken. Aus altem Zeug verstand sie es hübsche, neue Sachen anzufertigen.. Sie selber trug immer das selbe schwarze Kleid und darüber eine schwarze Schürze. Nur an Festtagen zog sie eine weisse Bluse an, die ihr Pauline geschenkt hatte. Dann trug sie auch eine goldene Kette mit einem Medaillon um den Hals, ein Erbstück der Familie, das sie dereinst Pauline zu hinterlassen versprach.

Tante Mindel sprach wenig. Meistens sass sie stumm bei ihrer Arbeit mit einem grimmigbitteren Lächeln auf den Lippen, unbeachtet wie ein gewohnter Gegenstand.

Eines Tages erhielt Adam einen Brief. Er war von seiner älteren Schwester Klara. Sie schrieb: "Ein schreckliches Unglück ist in unserer Familie geschehen. Unsere jüngste Schwester, Sara, und ihr Mann waren schwer erkrankt und sind vor ein paar Tagen in der selben Nacht gestorben. Sie haben ihren kleinen Sohn allein zurückgelassen. Die kleine Waise habe ich zu mir genommen. Aber wie Du weisst, lieber Bruder, haben wir selber acht Kinder, und es ist eng bei uns. So frage ich Dich an, lieber Bruder und die liebe Schwägerin Pauline, ob Ihr den unglücklichen, kleinen Jermele in Euer Haus aufnehmen könntet, damit er nicht in einem Waisenhaus aufwachsen muss."

Adam beriet sich mit seiner Frau Pauline." Er ist meiner Schwester Kind", sagte er.

Pauline hatte ihre Schwägerin Sara und vor allem den Schwager nicht sonderlich gern gehabt, denn sie hatten nicht so viel von strengen Sitten gehalten. Doch schliesslich meinte sie:" Wie würden die Leute in der Stadt reden, wenn wir den eigenen Neffen ins Waisenhaus geben würden? "
Und sie beschlossen, den kleinen Jermele zu sich zu nehmen.

So reiste Adam zu seiner Schwester Klara und holte seinen Neffen Jermele. .

Der war ein sonderbares Kind. Er weinte nicht, er lachte nicht, er sprach fast nicht, und bei Tisch kostete er kaum von den Speisen. Mit vorge-schobener Unterlippe sass er da, trotzig, wie es schien, und starrte vor sich hin. Manchmal schob er den Teller vor sich weg und legte den Kopf auf die verschränkten Arme. Pauline duldete solche Sitten an ihrem Tisch nicht.und schickte ihn aus dem Zimmer.
Abends richtete Tante Mindel ein Bett für Jermele auf der Küchenbank und er wühlte sich sogleich in das Kissen und vergrub sich unter der Decke.

Jermele war sieben Jahre alt und man schickte ihn zur Schule. Tante Mindel hatte ihm aus den ausgewachsenen Kleidern der Vettern einen neuen Anzug genäht, und man hatte ihm ein paar neue Schuhe gekauft, weil die des Vetters so stark zerrissen waren, dass der Schuster sie nicht mehr zusammenflicken konnte.

Aber Jermele blieb verschlossen. Er bat um nichts, er dankte für nichts. Meistens sass er still in einer Ecke und übte sich auf seiner Schiefertafel im Schreiben.

" Er ist verstockt!", meinte Adam. " Er ist undankbar!", sagte Pauline streng.. Wir kleiden ihn, nähren ihn, schicken ihn zur Schule, und nie zeigt er sich dankbar dafür." Er ist so sonderlich", sagten die Basen und die Vettern.

Nur Tante Mindel, mit ihrem grimmigen Lächeln, schwieg. Manchmal betrachtete sie Jermele mit nachdenklichem Blick. Wenn sie am Morgen sein Bettzeug in der Truhe unter der Küchenbank, auf welcher er schlief, versorgte, fand sie oft das Kissen nass.

"Es ist unsere Pflicht, ihm eine gute Erziehung mitzugeben und ihm Sitten beizubringen", wiederholte Pauline immer wieder." Er muss wissen, woher er kommt, dass er ein Waisenkind ist und von der Güte und Barmherzigkeit seiner Verwandten lebt. Wir müssen ihn zu Bescheidenheit und Dankbarkeit erziehen."

Es kam das Neujahrsfest.

Es wurde gekocht und gebacken im Hause. Viele Kerzen wurden angezündet, die Pauline segnete, für jedes ihrer Kinder zwei. Alle Kinder waren neu eingekleidet. Die Eltern trugen ihre Festkleider, Tante Mindel hatte ihre weisse Bluse angezogen und die goldene Kette mit dem Medaillon umgelegt. Auch Jermele hatte einen neuen Anzug bekommen, den Tante Mindel aus dem alten Festanzug der Vettern genäht hatte.

Pauline verteilte den Kindern Gebäck, Jermele gab sie nur die Hälfte, um ihn Bescheidenheit und Achtung zu lehren für das, was man ihm gab, Essen, Trinken, Kleidung, Schuhe, Schulbücher.

Auf den Tisch legte man die Geschenke. Vater und Mutter beschenkten sich gegenseitig, die Kinder erhielten Bücher und Süssigkeiten, Tante Mindel hatte Halstücher, Strümpfe und Handschuhe gestrickt.

Nur Jermele und Tante Mindel bekamen keine Geschenke. Was brauchte denn Tante Mindel? Sie hatte doch alles, Kleidung, Essen, ein Bett , und ohnehin war sie nur mit Stopfen, Nähen und Stricken beschäftigt, meinte Pauline. Und zu Jermele sagte der Onkel ein wenig verlegen:" Wenn du brav bist, bekommst du nächstes Mal auch ein Geschenk!" Aber nun gehe zur Tante," sagte der Onkel, und wünsche ihr ein gutes Jahr!"

Aber Jermele rührte sich nicht von der Stelle.

Es kümmerte ihn nicht so sehr, dass er keine Geschenk erhalten hatte. Aber als Mutter und Vater einander und dann die Kinder eines nach dem andern umarmten und küssten und ein gutes, neues Jahr wünschten, fühlte er ein Kloss in seinem Hals, der ihn fast erstickte. Die Tränen stiegen ihm hoch und er wandte sich zur Seite, damit sie niemand bemerke.

Jermele war froh, als die Kinder zu Bett geschickt wurden. Wie jeden Abend holte Tante Mindel einen

Strohsack, eine Decke und ein Kissen aus der Truhe unter der Küchenbank und richtete ihm sein Bett. Er kroch hinein und wühlte das Gesicht ins Kissen.

Aber bald fuhr er erschrocken auf. Er fühlte eine Hand an seiner Schulter. Tante Mindel stand vor seinem Bett , auf ihren Lippen ein Lächeln, das er noch nie bemerkt hatte. Sie setzte sich auf den Rand seiner Schlafbank. Sorgsam nahm sie die Kette mit dem Medaillon von ihrem Hals. Behutsam hob sie den Deckel des Medaillons und Jermele erblickte das helle gesicht eines Mädchens." Das ist Sarale, deine Mutter, als sie noch ein kleines Mädchen war", sagte Mindel leise. Versonnen betrachtete sie das Bild. Dann schloss sie den Deckel des Medaillons wieder und wickelte sorgfältig die Kette darum. Schliesslich gab sie es Jermele feierlich in die Hand. „ Behalte es, es ist dein Geschenk!", sagte sie, und ihre Stimme zitterte ein wenig.

Zögernd griff Jermele nach dem Medaillon, dann drückte er es lange und heftig an seine Brust. Plötzlich richtete er sich auf, und Tante Mindel fühlte seine mageren Arme um ihren Hals. Seine warmen Kinderlippen drückten sich auf ihre runzlige Wange.

Es war nicht mehr als ein Hauch, der Flügelschlag eines Schmetterlings."Mama" Man wunderte sich, dass Jermele sich auf einmal aufzutun begann. Dass Tante Mindels grimmigbitteres Lächeln von ihren Lippen verschwunden war, bemerkte keiner.

Marischa die Kuhmagd

"Als ich noch klein war", erzählte Tante Etie, "bat unsere Mutter den Vater, eine Kuh zu kaufen. Die Milch, die Mottel, der Milchmann brachte, fand sie wässrig und nicht fett genug für ihre Kinder. Besonders Efraimele, der zweite Sohn, war blass und mager.

Unser Vater pflegte der Mutter keinen Wunsch abzuschlagen, und so liess er im Hof einen Stall bauen, und man kaufte bei einem Bauern eine trächtige Kuh. Nun musste man aber jemanden zur Kuh haben, und so wurde des Bauern jüngere Tochter, Marischa, als Kuhmagd angestellt.

Marischa, die Kuhmagd, war eine rotbackige, kräftige Bauerntochter mit einer breiten, derben Gestalt. Sie war fleissig und treu und konnte zupacken. Sie besorgte und melkte nicht nur die Kuh und bereitete Käse, sie half auch der Mutter in ihrem kleinen Gemüsegarten, beim Kochen und allen Arbeiten im Haus. Abends brachte sie sogar die Kinder zu Bett und erinnerte sie daran zu beten, wenn sie es vergessen hatten. Immer war sie fröhlich und guter Dinge. Mich pflegte sie auf den Knien zu schaukeln und sang dabei lustige Bauernliedchen. Oft steckte sie mir ein frisch gebackenes, süsses Plätzchen in den Mund oder band meiner Puppe ein buntes Kopftüchlein um. Sie roch nach Milch und Stall, aber ich liebte sie und diesen Geruch!

Als ich sechs Jahre alt wurde, meldeten mich die Eltern in der Schule an, und Mutter liess mir ein wunderschönes Kleidchen für das Schulfest nähen. Ein weisses Kleid aus Musselin mit einer seidenen, rosaroten Schärpe, Volants und englischer Stickerei, wie es damals Mode war.

Ich freute mich riesig auf die Schule. Ehrlich gestanden nicht nur, um etwas zu lernen, sondern vor allem wegen des Kleides. Mutter bewahrte es in einer Truhe, und manchmal hob Marischa heimlich den Truhensdeckel für mich auf, und beide schauten wir hinein und betrachteten das Wunderwerk. Sehnsüchtig wartete ich auf den ersten Schultag und das Schulfest.

Aber es kam nicht dazu.

Kurz bevor ich in die Schule hätte eintreten sollen , es war das Jahr 1914, der Beginn des 1. Weltkriegs, überrollten Horden von wilden Soldaten unser Schtetl und wüteten schrecklich darin. Es waren die Kosaken. Sie brachen in die Häuser ein, raubten, was sich nur rauben liess, schlachteten Vieh und Ziegen und Schafe, die sich die Leute hielten, mordeten Menschen, wenn sie sich wehrten.

Auch in unser Haus drang so ein Horde ein, Vater war gerade auf einer Geschäftsreise. Sie brachen Truhen und Schränke auf, rissen alles heraus und stopften es in grosse braune Säcke. Unsere Mutter, die stolze und sonst so gelassene Frau, stand zitternd daneben. Ich sehe noch das blanke Entsetzen auf ihrem Gesicht. Stumm und voller Angst klammerte ich mich an ihr Kleid Doch, als ich plötzlich sah, wie einer der Männer mein Schulfestkleid aus der Truhe riss, schrie ich auf! Noch heute schallt mir mein Schrei in den Ohren! Aber dann erblickte ich etwas noch viel Schrecklicheres! Marischa, unsere Marischa, meine

Marischa, lachte und scherzte mit den groben Männern, als ob sie zu ihnen gehörte. Sie hielt ihre Schürze hoch und füllte sie hastig mit Mutters Kostbarkeiten, die schönen, silbernen Leuchter, die silbernen Löffel und Gabeln, die Mutter an den hohen Feiertagen benützte, die Goldkette, die Vater der Mutter zur Geburt unseres ältesten Bruders geschenkt hatte, die Perlenkette, die noch von der Urgrossmutter stammte....

Da bemerkte ich, dass Mutter weinte, und ich hörte sie mit erstickter Stimme fragen:
"Auch du, Marischa?" Marischa wendete den Kopf zur Seite und sagte wie leichthin: "Was weiss ich! Jeder nimmt, so nehme auch ich!"

Mein Bruder Erfraimele, packte mich an der Hand, zerrte mich weg und lief mit mir weit hinaus auf die Felder. Irgendwo hinter einem wilden Gebüsch versteckten wir uns.

Als es dunkel wurde, schlichen wir uns ängstlich zurück.

Die Kosaken waren inzwischen wieder abgezogen. Die Menschen standen verzweifelt vor ihren verwüsteten Gärtchen und ausgeraubten Wohnungen. Auch unser Haus war nicht wieder zu erkennen. Aufgeschlitzt lagen Kissen und Decken und Matratzen auf dem Boden, Mutters schönes Geschirr in Scherben, die Vorhänge hingen in Fetzen von den Fenstern, die Scheiben herausgeschlagen....

Unsere andern beiden Brüder waren von der Schule heimgekehrt und Mutter war überglücklich, als sie auch uns beide sah. Innig dankte sie Gott dafür, dass alle ihre Kinder heil geblieben waren..

Marischa war ohne jede Spur verschwunden. Verschwunden war auch unsere Kuh.
Mutter schickte die andere Magd zu ihren Eltern nach Hause.
Hastig begann sie zusammenzupacken, was noch übrig geblieben war und begab sich mit uns vier Kindern auf die Flucht. Sie versetzte den Schmuck, den sie auf sich getragen hatte, und den die wilden Räuber nicht bemerkt hatten und versteckte das Geld, das sie dafür bekam, in einem Beutel unter ihrem Mieder.
Wir flüchteten mehrere Wochen lang von Ort zu Ort, mit Pferdekutschen und Eisenbahn und übernachteten in Herbergen. Unterwegs schickte Mutter die älteren Brüder aus, um Lebensmittel - Milch, Hirse , Kartoffeln, Gemüse- bei den Bauern zu

kaufen und kochte sie für uns in der Küche der Herbergen.

Nach mehreren Wochen kamen wir bei unsern Verwandten, Vaters jüngster Schwester, in Rumänien an. Sie hatte selbst vier Kinder und es war recht eng. "Verhaltet Euch ruhig und bescheiden," hielt uns Mutter immer wieder an, " damit wir nicht allzu sehr zur Last fallen!"

Drei oder vier Monate wohnten wir im Haus der Tante, als eines Tages die Post einen Brief von Vater brachte. Er schrieb, Mutter möge mit uns heimkommen. In der letzten Zeit seien keine Kosaken mehr eingedrungen. Mit Gottes Hilfe sei es nun ruhig geworden im Schtetl.

So fuhren wir zurück, und es dauerte wieder einige Wochen, bis wir ankamen.

Unser Haus sah immer noch verwüstet aus, obschon Vater versucht hatte, so gut es ging, Ordnung zu schaffen. Mutter hatte ihre alte Ruhe und Gelassenheit wieder gefunden und arbeitete von früh bis spät, das zerissene Zeug wieder zusammenzuflicken.

Meine Brüder lernten in den Lehrhäusern und ich ging zur Schule. Zum Schulfest trug ich nicht mein schönes, weisses Kleid mit der rosaroten Schärpe, sondern einen einfachen, baumwollenen Rock.

Eines Tages, wir sassen gerade am Tisch, hörten wir plötzlich Lärm vor dem Haus. Eine harte Faust schlug gegen die Türe. Alle blieben wie versteinert sitzen. Nur ich sprang auf und versteckte mich schnell hinter der Küchentür. Schliesslich erhob sich Vater und öffnete. Hinter ihn war Mutter getreten, und beide starrten sie wie gebannt hinaus.

Plötzlich hörte ich eine mir wohlbekannte Stimme. Ich steckte den Kopf aus meinem Versteck und lugte verstohlen hinaus. In der Türe stand Marischa, unsere alte Kuhmagd!
Auf ihrem Gesicht lag das alte, breite Lächeln. In der Hand trug sie einen grossen Korb, der war mit einem Tuch verschlossen. Hinter Marischa stand ein Mann, kräftig und derb wie sie, der führte unsere Kuh an einem Strick. Es war Marischas Bruder.

Marischa trat herein, stellte den Korb auf den Tisch und küsste unsern Bruder Efraimele. Zögernd kam ich hinter der Türe hervor und sie umarmte auch mich.
Lächelnd ging sie dann zum Tisch und nahm das Tuch vom Korb. Langsam und behutsam nahm sie eines nach dem andern aus dem Korb. Zum Vorschein kamen Mutters silberne Leuchter, die silbernen Gabeln und Löffel, die goldene Kette, die Perlen.
Und schliesslich holte sie noch etwas heraus.........
Es war mein geliebtes Schulfestkleid!

Es war das zweite Mal in meinem Leben, dass ich Mutter habe weinen sehen!

Efraim und der Melamed

Efraim, der zweite Sohn von Nachum dem Bankhalter und Necha, seiner Frau, war im ganzen Schtetl bekannt - als der grösste Lausbub. Aber manche, besonders sein Vater Nachum, lächelten im Geheimen, wenn man von seinen Streichen erzählte, denn es waren nicht einfach dumme Bubenstreiche. Sie entsprangen meistens seinem übergrossen Wissensdrang und seiner Experimentierfreude und brachten jeden zum Lachen - vorausgesetzt, dass er nicht selber Opfer des Streichs war.

Den kleinen Bruder überredete Efraim, auf die Leiter zu steigen und von hoch oben in die Hose zu springen - eine elegantere und einfachere Art, sich die Hose anzuziehen. Jossel vergass ihm den verstauchten Fuss sein Leben lang nicht.
Dem neugeborenen Kälbchen im Stall gab Efraim Eier zu fressen, damit es schneller wachse und bald

selber eine Milchkuh werde. Das war dem Kälbchen nicht beschert. Es starb an Efraims Ernährungsversuchen.

Dem Lehrer stellte er ein Ziegenböcklein aufs Pult. Das begrüsste den Lehrer mit lautem Meckern. Nachdem ihm der Lehrer strengen Blickes befohlen hatte, das Böcklein zu entfernen, sperrte er es im Chemiesaal ein, wo es auf seine Weise Experimente mit allerlei Retorten und Flaschen vollführte.

Jossel vergab ihm auch nie, dass er ihm sein Taschengeld abluchste für seine eigenen physikalischen Experimente auf dem Estrich. Diese brachten oft das ganze Haus zum Erschüttern.

Ständig kam Efraimele, wie man ihn nannte, zu spät in die Schule und erhielt vom Lehrer Prügel Einmal tönte es dabei wie ein chinesischer Gong durch die Klasse -Efraimele hatte sich einen Blechteller unter der Hose umgebunden.

Als Efraimele vier oder fünf Jahre alt war, wurde er zu einem Melamed geschickt, damit der ihn die Heilige Schrift lehre.

Der Melamed wohnte nicht weit entfernt in der Nachbarschaft, in einer armseligen Wohnung, die nur eine einzige Stube besass. Darin wurde gekocht, gewaschen, Wäsche aufgehängt und die Schüler unterrichtet. Ein Säugling lag in der Wiege, ein anderes Kind krabbelte zwischen den Beinen der Schüler herum

Es roch nach Kohl und Petrol und Windeln und - Armut.

Die Schüler, acht oder zehn an der Zahl, sassen eng nebeneinander rund um einen wackeligen Tisch und lernten im Singsang in der Heiligen Schrift lesen.

Obenan sass der Melamed, neben ihm die Wiege mit dem jüngsten Kind. Während er lehrte, blätterte er im Buch mit einer Hand, mit der andern Hand wiegte er den Säugling, wenn er zu schreien anfing. Der Melamed war ein noch junger, schmalschultriger, sanfter Mann. Nie gab er ein lautes Wort von sich. Wohl stand ein Stock in der Ecke bereit, um übermütige Schüler zu strafen, aber nie machte er davon Gebrauch. Kein Wunder, dass die Schüler öfters ihren Spass trieben, allen voran Efraimele. Doch der Melamed blieb dabei gelassen.

Seltsamerweise mochte der Melamed gerade Efraimele von allen seinen Schülern am liebsten. Er war sein bester Schüler, stellte kluge Fragen und gab witzige Antworten. Manchmal hielt er ihn noch eine Weile zurück, wenn die andern Schüler bereits heimgegangen waren. Er sprach mit ihm, machte ihn auf besondere Dinge in der Heiligen Schrift aufmerksam und erklärte sie ihm.

Und auch Efraimele ging gar zu gern zum Melamed in den Unterricht.

Eines Tages brachte er einen Strick von zu Hause mit. Er schlang ihn um seinen Leib und die Enden befestigte er an der Wiege, und während er in der Thora las und seinen Körper dabei auf und nieder bewegte, wiegte er den Säugling in der Wiege. Je lauter das Kind schrie, umso inbrünstiger bewegte sich Efraimele über der Heiligen Schrift und umso heftiger schaukelte er die Wiege hin und her - und natürlich erhob sich jedes Mal ein grosses Gelächter rund um den Tisch.

Mit Efraimele lernte auch Michele, ein schwächlicher und ein wenig einfältiger, kleiner Junge aus der Nachbarschaft.
Eines Tages wandte sich Micheles Mutter an Necha:" Ihr seid eine angesehene und gebildete Frau, und an Geld fehlt es, Gottbehüte, nicht! Wollt Ihr wirklich Euren Sohn weiter zu diesem Melamed schicken, in diese schmutzige Stube, wo die Kinder nur Unfug treiben? Euer Sohn, verzeiht mir, allen voran? Euretwegen habe ich meinen Michele zu diesem Melamed geschickt, denn ich habe mir gesagt, wenn Necha ihren Sohn dorthin schickt, ist es das Richtige! Aber jetzt......Wahrscheinlich ist es Euch entgangen, was dort vorgeht!"

Necha war eine ruhige und gelassene Frau und pflegte nach ihrem eigenen Gutdünken zu handeln. Aber dass sie es an der Erziehung ihres Sohnes mangeln lasse, liess sie nicht auf sich sitzen. Sie besprach die Sache mit Nachum und man beschloss, Efraimele zu einem anderen Melamed zu schicken.
Nicht viel später folgten die Eltern der andern Schüler ihrem Beispiel.

Efraim zürnte Micheles Mutter, und er rächte sich auf seine Weise.

Der neue Melamed wohnte weiter weg und da Michele den Weg nicht allein finden konnte, wurde Efraimele beauftragt, ihn jeden Tag mitzunehmen.

Unterwegs erzählte ihm Efraimele von der Hölle, von den schrecklichen Qualen dort, von Spiessen, die man in die Ohren und die Nasenlöcher bohrt. Er erzählte so anschaulich und eifrig, dass ihn schliesslich selbst die Angst packte, und beide Buben schlotternd beim neuen Melamed erschienen.

Seltsamerweise schien Michele unersättlich, von den Höllenqualen zu hören. Jeden Tag musste ihm Efraimele von Neuem davon erzählen, und jedes Mal schien Michele es zu geniessen, vor Angst zu beben, bis es Efraimele schliesslich verleidete.

An einem Fasttag, es war der Fasttag der Königin Esther , als die Erwachsenen fasteten und die Mutter mit Vorbereitungen auf das Fest am nächsten Tag beschäftigt war, beschloss Efraimele in die grosse Stadt zu gehen, um zum ersten Mal eine Eisenbahn zu sehen. Es war im Jahre 1902 und Efraimele sechs Jahre alt. Es war ihm ein Leichtes, Michele zu überreden, ihn zu begleiten.

Es war ein kalter, regnerischer Vorfrühlingstag, als sich die beiden ohne Essen und ohne Mantel auf den Weg machten. Schon bald begann Michele zu jammern:" Ich bin müde, ich bin hungrig, ich will nach Hause!"

" Bald, bald," tröstete ihn Efraimele, bald werden wir dort sein und Du wirst die Eisenbahn sehen."

Sie waren erst beim Markt angekommen, als Michele wieder zu jammern begann. Da erblickte

Efraimele Perel, die Beigelmacherin, die ihre frisch gebackenen, duftenden Semmeln und Beigel feil bot.. Efraimele rannte zu ihrem Stand und schrie: " Schnell, schnell, gebt eine Semmel, eine Frau ist beim Fasten ohnmächtig geworden! "Blitzschnell ergriff er im Laufen eine Semmel, ehe die verdutzte Perel ein Wort zu erwidern vermochte. Heisshungrig verschlang Michele die Semmel und gab eine Weile Ruhe.

Mittlererweile waren die beiden Buben auf die Landstrasse gelangt und wanderten und wanderten, und noch war noch nichts von der Stadt und der Eisenbahn zu sehen Sie schien immer weiter und weiter entfernt. Michele hörte nicht auf zu jammern, und schliesslich war Efraimele selber hungrig und müde geworden, und er beschloss nach Hause zurückzukehren.

Zu Hause herrschte Angst und Schrecken. Man hatte die beiden Kinder vermisst, und das halbe Schtetl half sie zu suchen. Man suchte in allen Häusern, in jedem Keller, auf jedem Estrich, in jedem Brunnen.

Nur einer ging hinaus aus dem Schtetl und wanderte die Landstrasse entlang, nur einer, der die Kinder fand - der frühere Melamed. Sie waren bis auf die Haut durchnässt und schlotterten vor Kälte.

Der Melamed brachte sie bis zum Haus, in welchem Efraimeles Eltern wohnten. Dort sass Micheles Mutter mit verweinten Augen, aufgelöst in Kummer und Sorge.

Als sie Michele erblickte, schluchzte sie laut auf und umarmte und küsste ihn. Efraimele, hingegen, wurde von Mutter Necha und Vater Nachum mit vorwurfsvollen Blicken empfangen.

In der Nacht begann Efraimele zu fiebern . Er hustete immerfort, und sein kleiner, heisser Körper krümmte sich unter den heftigen Hustenstössen. Am nächsten Tag phantasierte er, sah eine Eisenbahn in der Wand und redete wirr.
Voller Sorge sassen die Eltern Tag und Nacht an seinem Bett. Als es jeden Tag schlimmer wurde, liess Nachum mit einer Pferdekutsche einen Arzt aus der Stadt holen.

Der Arzt stellte eine Lungenentzündung fest. Er verordnete verschiedene Arzneien, die man Efraimele mit Mühe einflösste. Necha wickelte seine Beine in kühle Tücher und legte einen nassen Lappen auf die heisse Stirne, aber das Fieber hielt an. Die meiste Zeit blieb Efraimele ohne Besinnung.

Nachum und Necha waren angesehene Leute, und aus dem Schtetl kamen die Leute, um sich nach dem kranken Kind zu erkundigen.
Keiner glaubte, dass es die Krankheit überleben werde.
Necha sass wie ein Stein und grübelte, woran sie sich versündigt hatte." Ihr habt es nicht verdient, Necha," sagten die Frauen zu ihr. " Ihr seid doch gottesfürchtig und fromm, tut Gutes im Stillen, um niemanden zu beschämen, habt nie jemanden beleidigt.. Ihr habt es wahrlich nicht verdient, aber Gott hat seine eigenen Wege!" Necha hörte die Reden, aber sie trösteten sie nicht. Tief im Innern

fühlte sie, dass sie sich versündigt hatte, nur konnte sie sich nicht daran erinnern.

Eines Abends trat der frühere Melamed ins Haus. Necha erschrak, als sie ihn erblickte. Als sie ihn zu Erfraimeles Bett geleitete, schien ihr, als ob das Kind einen Moment die Augen geöffnet und gelächelt hätte.

Still setzte sich der Melamed an Efraimeles Bett und leise begann er zu beten und Psalmen zu lesen. Er sass bis zum Morgengrauen, dann nickte er kurz den Eltern zu und machte sich auf zum Morgengebet.

Als er gegangen war durchfuhr es Necha plötzlich wie ein Blitz! Nun wusste sie, was sie Schlechtes getan, welche Sünde sie begangen hatte.

" Wenn mein Kind gerettet wird, werde ich es wieder gut machen", schwor sie.

Am nächsten Tag, es war der neunte oder zehnte Tag, fing Efraimele plötzlich zu schwitzen an. Ganze Bäche ergossen sich von seinem Leib, erzählte Necha, und langsam fiel das Fieber. Hoffnung und Dankbarkeit zog wieder ins Haus ein, Nachum spendete eine grosse Summe in die Armenkasse.

Langsam, langsam wurde Efraimele wieder ganz gesund. Lange Zeit blieb er so schwach, dass er nicht einmal das frische Brötchen, das ihm Necha liebevoll jeden Morgen mit Milch und Honig ans Bett brachte, zu brechen vermochte.

Sobald er wieder auf den Beinen stehen konnte, führte ihn Nachum - zum alten Melamed. Dort warteten schon Michele und die alten Kameraden auf ihn.

Schliesslich erwachte auch der alte Lausbub wieder in Efraimele.
Eifrig wiegte er mit seinem Körper den Säugling in der Wiege, während er in den Heiligen Schriften las.

Zeit ihres Lebens blieben Efraim. der Lausbub, und der sanfte Melamed Freunde.

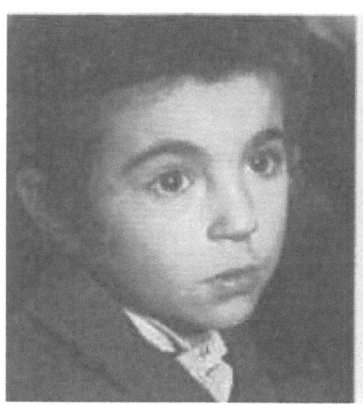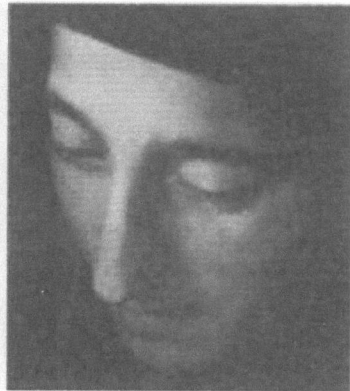

Die Zeugen

Im Schtetl meiner Urgrossmutter war ein Gasthaus, in welchem Fremde abstiegen, Hochzeiten gefeiert wurden und sich die Männer in der Wirtsstube zu einem Gläschen Schnaps trafen, manchmal von ihren Frauen begleitet. Dort wurden Neuigkeiten ausgetauscht und Geschichten erzählt, bei welchen sich bei manchen die Haare sträubten, andere vor Neid erblassten und wieder andere sich vor Rührung die Tränen aus den Augen wischen mussten. Zu jener Zeit waren die Geschichten fast die einzige Unterhaltung im Schtetl.

Nathan Wolf, der Wirt des Gasthauses, war ein freundlicher Mann und bei allen beliebt. Seine Frau Bilha hingegen, galt als zänkisch und übelwollend, und jedermann fürchtete sich vor ihrer bösen Zunge.

Im Gasthaus wohnten auch der verheiratete Sohn und die Schwiegertochter, ein Sohn und zwei Töchter, die nicht verheiratet waren, und mehrere Bedienstete.

Unter den Bediensteten war auch ein Mädchen, namens Ethel. Die Mutter stammte ursprünglich aus dem Schtetl, war aber noch als Kind mit ihren Eltern weggezogen. Ethels Vater war vor kurzem noch jung, gestorben und hatte die Frau mit einer Schar Kinder zurückgelassen, zwei älteren Söhnen, die bei einem Onkel lebten und studierten, Ethel, der mittleren Tochter und vier kleineren Geschwistern. Durch den Tod des Vaters war die Familie in Not geraten, und um der Mutter zu helfen, hatte sich Ethel als Dienstmädchen im Gasthaus verdingt.

Vom ersten Tag an war Ethel ein Dorn in Bilhas Augen. Nicht weil sie etwa nicht fleissig gearbeitet hätte! Im Gegenteil! Alles was man ihr befahl, tat sie flink und gewissenhaft, ohne Murren, wie schwer es auch war. Aber gerade das verdross die zänkische Bilha. Es versetzte sie in Wut, dass Ethel zu allem schwieg, welche Arbeit sie ihr auch auftrug, wie sie sie beschimpfte und ihr zusetzte.

Nachts, freilich, weinte Ethel in ihr Kissen. Doch sie verbarg ihre Tränen, sogar vor der andern Magd, mit der sie die Kammer teilte. Im Grunde mochte sie niemand so recht im Gasthaus, obschon sie jedem freundlich begegnete, weder die Familie, noch die andern Bediensteten, wohl weil sie hübscher als alle andern war mit ihrem feinen Gesicht, den dicken, kastanienbraunen Zöpfen, ihrer Haut wie geseihte Milch und ihrer gut gewachsenen Gestalt. Immer waren ihre Kleider sauber trotz der schweren Arbeit, und sie benahm sich wie eine Tochter aus gutem Hause. Die Männer hielten sie für hochmütig und eingebildet, weil sie sich zurückzog und sich mit keinem abgab. Einzig Nathan Wolf, der Wirt, behandelte sie freundlich, nahm sie auch manchmal in Schutz und versuchte seine Frau zu beschwichtigen, wenn sie Ethel gar zu sehr beschimpfte. Aber das bestärkte die Frau noch mehr in ihrem Zorn auf das Mädchen.

Eines Tages geschah etwas, wovon das ganze Schtetl redete. Bilha verkündete im Wirtshaus mit vor Wut geblähter Nase, ihr sei ein teures Schmuckstück gestohlen worden, eine Perlenkette mit einem goldenen Verschluss. Und wer konnte es gestohlen haben? Doch nicht die eigenen Kinder! Und wer noch hatte Zutritt zu ihrem Schlafzimmer? Doch nur Ethel, das verstockte Dienstmädchen! Jeden Abend brachte sie ihr doch den Nachttrunk ans Bett. Sie war die Diebin, nur sie allein!

Aber wie konnte man das beweisen? In der Kammer, in welcher Ethel schlief, und unter ihren Habseligkeiten fand man nichts und Bilha suchte nach Zeugen für Ethels Diebstahl.

Um sich Liebkind bei Bilha zu machen, erzählten einige, was sie angeblich beobachtet hätten.

Die Schwiegertochter hatte gesehen, wie Ethel abends heimlich aus ihrer Schwiegermutters Schlafzimmer geschlichen sei. Und wer, ausser Ethel, hatte Zugang zum Schlafzimmer, und wusste von den Verstecken, wo Bilha ihre kostbaren Schätze aufbewahrte?... unter der Matratze, im Kopfkissen, zwischen den Leintüchern, im Nähkorb.....

Der Laufbursche hatte gesehen, wie Ethel etwas in ihrer Schütze versteckt hielt, als sie heimlich die Treppe herunterkam.

Die Magd, die die Kammer mit Ethel teilte, hatte gesehen, dass sie etwas unter ihrem Kopfkissen verbarg.

Ein Mann im Wirtshaus hatte gesehen, wie Ethel heimlich einem unbekannten Gast etwas Blinkendes zusteckte.

Eine Nachbarin hatte Ethel auf einer Hochzeit mit einer Perlenkette gesehen, eine andere Nachbarin hatte sie in der Nähe des Pfandleihers angetroffen.

Kurzum keiner zweifelte mehr, dass Ethel eine Diebin war und die Perlenkette gestohlen hatte. Aber wo blieb die Perlenkette?

Ethel wurde vor den Richter gebracht. Alle Zeugen machten ihre Aussage vor dem Bürgermeister, der als Richter waltete, die Schwiegertochter, der Laufbursche, die Magd, der Wirtshausgast, die Nachbarinnen.

Ethel sass blass und wie versteinert auf der Anklagebank.

War Ethel heimlich aus Bilhas Schlafzimmer gekommen?

Nun ja, aber nicht heimlich. Jeden Morgen und vor der Nacht bringt sie Bilha einen Krug mit heissem Getränk ans Bett.

Hat sie etwas heimlich in ihrer Schürze heruntergebracht?

Nun ja, aber nicht heimlich! Sie hat wohl die schmutzige Wäsche zum Waschen herunter getragen..

Hat sie etwas unter ihrem Kopfkissen verborgen?

Nun ja, ihre Tränen und das Tuch, mit welchem sie die Tränen abgewischt hat.

Hat sie einem unbekannten Gast etwas Blinkendes zugesteckt?

Nein, sie erinnert sich nicht an einen unbekannten Gast, und sie hat keinem Gast heimlich etwas zugesteckt.

Hat sie auf einer Hochzeit eine Perlenkette getragen?

Nein, sie war auf keiner Hochzeit gewesen.

Hat man sie in der Nähe des Pfandleihers gesehen?

Nun ja, sie hat eine alte Tante besucht, die in der selben Strasse wohnt.

Nichts war bewiesen, aber Ethel war die Einzige, die verdächtigt wurde, und die Perlenkette blieb verschwunden. So wurde Ethel zu Bilhas Freude ins Gefängnis gesteckt.

Als Ethels Mutter davon erfuhr, brach es ihr fast das Herz. Ehre war zu damaliger Zeit das kostbarste Gut im Leben und für viele Menschen das einzige und ängstlich gehütete Vermögen.

Die Mutter verkaufte den eigenen Schmuck, der ihr geblieben war und alles, was noch von Wert war im Haus und brachte soviel Geld, wie die Perlenkette nach Bilha angeblich wert war, ins Schtetl zum Bürgermeister. Bilha nahm das Geld und Ethel wurde aus dem Gefängnis befreit. Sie reiste mit ihrer Mutter nach Hause, und wer ihnen zuletzt begegnete erzählte, dass das Mädchen wie eine Todkranke ausgesehen hätte.

Im Schtetl wurde noch lange über Ethels Diebstahl gesprochen und die Mutter, die alles verkauft hatte, um die Tochter aus der Schmach zu erretten.

Dann hörte niemand mehr etwas von ihnen.

Eines Tages fand Bilha in einem Versteck, welches sie vergessen hatte, die Perlenkette wieder. Sie hütete sich, jemandem davon zu erzählen. Sie hätte ja dann das Geld Ethels Mutter zurückgeben müssen. Und was hätten die Leute im Schtetl dazu gesagt, was für einen Aufruhr hätte es gegeben! Darum verbarg sie die Kette wieder, jedes Mal an einem andern Versteck.

Doch einmal hatte eine Magd das Geheimnis entdeckt und den andern flüsternd weitererzählt. Die Neuigkeit machte auch die Runde im Schtetl, sogar Ethels alte Tante erfuhr davon. Doch schwiegen alle aus Angst vor Bilhas Wut und Bosheit.

Die Jahre vergingen und allmählich sprach niemand mehr davon. Doch dann ereignete sich wieder etwas, das das ganze Schtetl in Aufruhr brachte - ein Diebstahl, just in dem selben Gasthaus!

Eines Tages war ein Fremder bei Nathan Wolf im Gasthaus abgestiegen, Er sei auf einer Geschäftsreise und hier vorbeigekommen, um die Gräber seiner Ahnen zu besuchen, sagte er. Er trug einen Namen, wie jeder Dritte im Schtetl und auf jedem dritten Grabstein auf dem Friedhof geschrieben stand..

Der Reisende hatte ein edles Gesicht und nach seinem Benehmen schien er gebildet und nach seiner Kleidung ein wohlhabender Mann. Er ging durch das Schtetl und sprach freundlich mit allen Leuten. Alle waren entzückt von ihm und behandelten ihn mit Respekt. Der Bürgermeister, der Notar und der Apotheker luden ihn in ihr Haus ein.

Wohin er auch ging, stets trug der Reisende einen kleinen Reisekoffer mit sich und die Leute vermuteten, dass er darin sein Geld und alles Wertvolle, das er bei sich hatte, verwahrte.

.

Der Gast war noch keine Woche im Schtetl, als er plötzlich behauptete, bestohlen worden zu sein. Seine Brieftasche, voll mit Geldscheinen, und eine Perlenkette waren aus dem Koffer verschwunden. Das konnte nur geschehen sein, als er in der Wirtsstube den Koffer abgestellt hatte, um sich vor der Mahlzeit die Hände zu waschen, oder nachts, während er schlief. Jeder, der etwas gesehen oder gehört hatte, sollte es dem Bürgermeister melden, und keiner würde von der Zeugenaussage etwas erfahren, und jedem, der sagen konnte, wo sich das Gestohlene befand, versprach der Fremde eine Belohnung.

Durch das Schtetl ging ein Raunen und ein Suchen und ein Verdächtigen. Viele waren in dieser Woche im Gasthaus gewesen, und alle wollten gerne die Belohnung verdienen.

Die Bediensteten und die Schwiegertochter aber sahen eine gute Gelegenheit, nicht nur eine Belohnung zu erhalten, sondern sich gleichzeitig an Bilha zu rächen. Diese hatte ihre Zeugenaussagen gegen Ethel nur mit Bosheit vergolten und ihnen nach wie vor das Leben vergällt, wo sie nur konnte, genau wie sie es vorher mit Ethel getan hatte. Auch die andern Zeugen, die Nachbarinnen und der ständige Gast im Wirtshaus hatten nichts Gutes und nur Undank von Bilha erfahren. Und so, ohne einander etwas zu verraten, schlich sich einer nach dem andern heimlich zum Bürgermeister und legte dort seine Zeugenaussage ab..

Die Schwiegertochter hatte gesehen, wie Bilha eine Perlenkette heimlich in ihrem Schlafzimmer versteckte.

Die Magd hatte gesehen, wie Bilha schnell etwas Blinkendes unter ihr Kopfkissen schob, als sie ihr vor zwei Tagen den Nachttrunk brachte

.Der Laufbursche hatte gesehen, dass sie etwas in der Speisekammer versteckt hielt.

Und beide Nachbarinnen und der Stammgast erzählten, sie hätten gesehen, wie Bilha heimlich aus dem Reisekoffer des Fremden eine Perlenkette genommen hatte, als er sich die Hände vor der Mahlzeit waschen gegangen war.

Nach so vielen Zeugenaussagen gegen Bilha schickte der Bürgermeister den Dorfpolizisten in das Gasthaus und kam sogar selber, um es zu durchsuchen. Und siehe da! Tatsächlich fand man die Perlenkette in Bilhas Schlafzimmer.

Aber wo hatte sie die Brieftasche mit dem vielen Geld versteckt?

Es half ihr kein Wüten und Toben, Bilha wurde vor Gericht geführt.

Wo hat sie die Brieftasche mit dem Geld versteckt?

Sie hat nie eine Brieftasche gesehen und nichts gestohlen.

Und die Perlenkette?

Sie ist ihre eigene.

Aber ihre eigene wurde doch vor mehreren Jahren gestohlen, die Diebin ins Gefängnis gesteckt und die Mutter des beschuldigten Mädchens hat sie ausbezahlt.

Sie hat von dem Geld beim Goldschmied eine neue Perlenkette gekauft. Der Goldschmied wurde als Zeuge vorgeladen. Er wusste nichts von dem Kauf.

Bilha wütete und schrie, beschimpfte den Richter, verfluchte die Zeugen. Aber es half ihr nichts, sie wurde ins Gefängnis gebracht. Dort müsste sie solange bleiben, bis die Brieftasche gefunden worden sei, befahl der Bürgermeister.

Der Fremde reiste weiter und nahm die Perlenkette mit sich.

Einige Wochen später brachte ein Bote dem Bürgermeister einen Brief. Da stand: Hochwürdiger und Hochverehrter Herr Bürgermeister!

Vorerst möchte ich Euch mitteilen, dass die Brieftasche mit dem Geld gefunden worden ist, oder besser gesagt, nie verloren gegangen oder gestohlen wurde.

Die Perlenkette hingegen habe ich meiner Mutter gebracht, denn sie gehört ihr. Sie hat sie vor vielen Jahren um einen sehr teuren Preis und mit dem letzten, das sie hatte, gekauft, um ihre Tochter, aus dem Gefängnis zu befreien. Meine Mutter und meine kleinen Geschwister haben darob gehungert.

Meine Schwester, die unschuldig ins Gefängnis geworfen worden war, siechte seither dahin wie eine Blume, die man abgerissen und in den Staub geworfen hat. So lange die Kette nicht gefunden wurde, lag der Verdacht auf ihr, eine Diebin zu sein.

Ich bin der älteste meiner Geschwister und es war meine Pflicht, die Unschuld meiner Schwester zu beweisen und unsere Familie von der Schmach zu befreien. Und so kam ich in Euer Städtchen, um die Zeugen zu suchen, deren falsches Zeugnis meine Schwester und die ganze Familie ins Unglück gestürzt hat. Ich war sicher, dass ich sie finden würde, weil sie sich bestechen lassen und so den eigentlichen Dieb und sich selber verraten würden.

Ihr, verehrter Herr Bürgermeister, seid ein Mann der Ehre und der Gerechtigkeit, wie ich selber erkennen konnte. Darum werdet Ihr, dessen bin ich sicher, meine List und die Mühe, die ich Euch damit bereitet habe, verzeihen.

In aller Ehrfurcht und Hochachtung

Ethels Bruder.

Zweiter Teil
Besinnliche Erzählungen

Vorwort

Echte Geschichten erfindet man nicht. Diese Geschichten flogen mir zu, nachdem meine Gedanken sehr lange, eigentlich seit der Kindheit, um Ungerechtigkeit und Benachteiligung durch die Natur und im Sozialleben kreisten. Sie versuchen sie ein wenig zu mildern: Das Hinkebein etwa mit Galgenhumor, des weisen Richters Diener mit einer Formel, die die Ungerechtigkeit des Standesunterschieds ein wenig entschärft.

Der Richter und sein Spiegel

Vor langer, langer Zeit lebte ein Mann, der war mächtig und auch sehr weise. Von weit her kamen Menschen zu ihm, um Rat zu holen oder, wenn sie Streitigkeiten hatten, dass er richte.Er wurde daher, der Richter, genannt. Alle, die zu ihm kamen, hörte er geduldig an, gab ihnen guten Rat und schlichtete ihre Streitigkeiten Und jeder kehrte leichten Herzens wieder heim.

Der Richter war auch sehr neugierig und unternahm lange Reisen, wenn er von etwas Neuem und Sonderbarem hörte, um es mit eigenen Augen zu sehen. So vernahm er einmal von einem Mann, der auch für seine Weisheit berühmt war und zu welchem die Menschen von weither reisten , um seinen Rat zu erbitten. Aber wer immer zu ihm kam, so erzählte man, verliess ihn mit gebrochemen Herzen, obschon er jedem nur die Wahrheit sagte.

Der Richter liess sich nicht von den Warnungen seiner Freunde abhalten und beschloss, diesen weisen Mann zu besuchen. Er vertraute seiner eigenen Weisheit, um mit den richtigen Gedanken allem zu begegnen, was immer der andere ihm auch sagen mochte. Er glaubte nicht, dass jemand imstande wäre, ihm mit Wahrheit das Herz zu brechen. Und so liess er für die Reise rüsten und kostbare Geschenke aufladen und machte sich mit seinem Diener auf den Weg.

Nach einer langen Reise kamen sie endlich an den Ort und wurden ehrenvoll empfangen.Bald waren die beiden Weisen im Gespräch vertieft und verstanden einander vorzüglich.. Die Tage vergingen und nichts war geschehen oder war gesprochen worden,.was den einen oder den andern hätte kränken mögen.

Und es kam der Tag des Abschieds, da sagte der Weise zum Richter:° Du hast mir mit deinem Besuch grosse Ehre angetan und mir kostbare Geschenke gebracht. So lass `mich auch dir ein bescheidenes Geschenk überreichen!", und er gab dem Richter ein einfaches, hölzernes Kästchen.

Der Richter und der Diener begaben sich auf den Heimweg. Gar zu gerne hätte der Richter gewusst, was im Kästchen verborgen war, aber er bezwang seine Neugier, denn er hatte versprochen, das Kästchen erst nach seiner Rückkehr zu öffnen.
Schliesslich kamen sie nach der langen Reise zuhause an und der Richter öffnete das Kästchen voller Neugier. Was er da fand, verwunderte ihn sehr. Im Kästchen war ein Spiegel. Ein besonders klarer Spiegel zwar, wie man ihn damals noch nicht kannte, aber doch nur ein Spiegel !
Draussen wartete schon eine Menge Leute auf den Richter und dieser schickte sich an hinauszugehen. Doch vorher schaute er noch einmal in den Spiegel. Da kamen ihm seltsame Gedanken. "Wer bin ich denn?", fragte er sich, " Bin ich wirklich so weise, dass ich den Leuten gute Ratschläge geben und über sie richten kann? Zwar gehen sie zufrieden nach Hause nach meinem Urteil, aber vielleicht verblendet sie nur mein kostbarer Mantel, so dass sie alles, was ich sage, richtig finden?"
Der Richter zögerte nun, vor die Leute hinaus zu gehen. Schliesslich rief er den Diener und befahl ihm, seine Kleider auszuziehen und seinen

kostbaren Mantel umzulegen. Dann liess er den Diener in den Spiegel schauen und fragte:" Was siehst du da?" Der Diener lachte:" Ich sehe den Richter!" "Und was siehst du jetzt?", fragte der Richter, als er des Dieners Kleider angezogen hatte.Verwundert schaute dieser seinen Herrn an . Dann lachter er wieder und sagte wie im Scherz:"Jetzt sehe ich deinen Diener!"

" So gehe du jetzt hinaus und richte!", befahl der Richter. Dem Diener kam dies alles gar seltsam vor und es war ihm gar nicht recht. Aber er musste dem Befehl seines Herrn gehorchen, und so ging er zu den Leuten hinaus, um zu richten.

Der Richter lauschte hinter dem Fenster. Der arme Diener wusste nicht ein und aus vor Verlegenheit und sein Schiedspruch war so lächerlich, dass die Leute unzufrieden murrten.

Da trat der echte Richter in den Kleidern des Dieners hinaus und wollte ein besseres Urteil sprechen. Aber die Leute riefen zornig:" Wir wollen den Richter, nicht seinen Diener!"

Da sprach der Richter:" Wollt ihr meinem schönen Mantel glauben, oder meinem Richtspruch?"

Die Leute verstummten, und als der Richter gerichtet hatte, erkannten sie ihn und schämten sich.

Fortan trug der Richter die Kleider des Dieners, wenn er vor die Leute trat und richtete.

Aber der Spiegel liess ihm keine Ruhe. Immer wieder blickte er hinein und immer kamen ihm dabei seltsame Gedanken und Zweifel.

" Wie kommt es", sagte er zu sich, " dass mir Reichtum und Macht und Weisheit mitgegeben worden ist? Mein Diener und ich, wir sind beide von einer Mutter geboren, beide sind wir aus Fleisch und Blut, doch ich habe alles und er nichts, ich befehle und er gehorcht!

" So grübelte der Richter und quälte sich und fand keine Ruhe.

Schliesslich rief er wieder einmal seinen Diener und fragte ihn:" Bist du zufrieden mit deinem Los? "

" Oh ja, Herr!", entgegnete der Diener verwundert.

" Und warum bist du zufrieden?", forschte der Richter weiter. " Kränkt es dich nicht, dass du selber nicht so weise bist und meinen Befehlen gehorchen musst?"

Der Diener überlegte und schliesslich antwortete er:" Ich habe starke Arme, und so kann ich dir dienen und meine Familie und mich ernähren. Und wenn ich deinen Befehlen gehorche, so weiss ich, dass ich nichts Schlechtes und nichts Falsches tue, denn deine Befehle sind weise. Ich teile mit dir die Kraft meiner Arme und du teilst mit mir deine Weisheit. Was sollte mich da kränken?"

So sprach der Diener. Und fortan lebte der Richter mit sich in Frieden. Er blickte noch oft in den Spiegel, doch dank der Klugheit seines Dieners konnte ihm des andern Weisen Wahrheit nichts mehr an haben.

Der Fluch

Es waren einmal zwei Brüder. Die waren ganz verschieden voneinander. Der Ältere war klug und verstand sich auf Geschäfte und war schon als junger Mann vermögend. Er hatte aber ein hartes Herz und verspottete andere, die mitleidig und sanft waren. Heimlich nannte ihn die Leute Steinherz. Der Jüngere war noch ein Jüngling und ein Träumer. Lieber ging er in den Wald und lauschte dem Zwitschern der Vögel, dem Rauschen der Bäume im Wind oder dem Plätschern einer Quelle, als dass er Geschäften nachging. Aber er hatte ein gutes Herz und erbarmte sich selbst eines Vögelchens, der aus dem Nest gefallen war. Ihn nannten die Leute Goldherz.

Der Vater der beiden Brüder war schon betagt und als er sich schwach werden fühlte, rief er seine beiden Söhne zu sich. "Ich bin alt", sprach er zu ihnen, " und bevor ich von Euch scheide, will ich mein Vermögen zwischen euch teilen. Jeder soll die Hälfte erhalten. Dir, meinem Ältesten, gebe ich deine Hälfte und du sollst frei darüber verfügen. Die Hälfte deines jüngeren Bruders übergebe ich dir zur Verwaltung, dass du sein Vermögen mehrst wie dein eigenes und es deinem Bruder gibst, sobald er erwachsen ist."

Bald darauf starb der Vater. Der ältere Sohn zog in des Vaters Haus ein, und der jüngere ging hinaus in die Fremde, um ein Handwerk zu erlernen. Er fand einen Meister, der ihn Bücher drucken lehrte.

Nach einigen Jahren wollte Goldherz nun heim-kehren, selber eine Werkstatt einrichten und heiraten. Er kam zu seinem Bruder und bat ihn um seinen Teil des Vermögens, welches der Vater ihm hinterlassen hatte.Aber er wurde arg enttäuscht. " Unser Vater hat mir deinen Anteil des Vermögens zur Verwaltung gegeben, damit ich es in Geschäfte anlege und es mehre. Aber leider gingen die Geschäfte schlecht und just dein Anteil ging verloren.", sagte Steinherz, der ältere Bruder, und Spott klang in seiner Stimme.

Den jüngeren würgten die Tränen in der Kehle, als er dies hörte. Es schmerzte ihn über alle Massen,dass ihn der eigene Bruder so betrogen und noch dazu verspottet hatte. Aber er kannte das harte und unerbittliche Herz des andern und wusste, das nichts es zu erweichen vermochte. Und so zog Goldherz wieder weiter.

Steinherz wurde immer reicher und sein Herz immer härter. Er lebte in Saus und Braus und veranstaltete glänzende Feste mit vielen Gästen. Doch wenn arme Menschen zu ihm kamen, erhielten sie anstelle eines Almosens nur Spott und Hohn. Einen besonderen Spass bereitete es ihm, mit vielen Gästen zu tafeln und köstliche Speisen auftragen zu lassen, wenn an der Türe hungrige Bettler standen und dabei zusahen..

Mit Goldherz aber meinte es das Schicksal nicht gut. Er hatte sich eine Werkstatt eingerichtet, ein Häuschen gebaut und eine liebe Frau geheiratet, die ihm ein Kind gebar. Doch die Werkstatt brannte ab und die Frau und das Kind wurden sehr krank. Als die Not am grössten war, beschloss Goldherz schweren Herzens zu seinem Bruder zu gehen und ihn um Hilfe zu bitten.

Als er dort ankam, feierte Steinherz gerade ein grosses Fest mit vielen Gästen, und die Diener wollten Goldherz nicht einlassen, da sie ihn für einen Bettler hielten. Doch Steinherz erkannte seinen Bruder und liess ihn eintreten.

Goldherz bat den Bruder, ihn unter vier Augen anzuhören, denn er schämte sich, all` seinen Kummer vor den Gästen auszubreiten. Doch Steinherz sagte spöttisch:" Meine Gäste sind wie meine Brüder, ich habe keine Geheimnisse vor ihnen." Und so musste Goldherz vor allen sein Leid erzählen und den Bruder um Hilfe bitten. Doch dieser antwortete mit verstellter, weinerlicher Stimme:" Siehst du nicht, lieber Bruder, alle die köstlichen Dinge, die ich meinen Gästen vorgesetzt habe? Nichts ist mir geblieben von meinem Vermögen, nichts was ich dir hätte geben können. Mein Herz schmerzt mich so sehr vor Mitleid bei deinem Anblick und dem Ungeschick, das dir widerfahren ist!" So höhnte der Bruder und die Gäste lachten schallend.

Da erdröhnte plötzlich von dort, wo die Bettler standen, und es war wie Dopnnerschläge, eine gewaltige Stimme:"So möge doch dein Herz vor Mitleid brechen, du barmherziger Bruder, du!".

Alle verstummten jäh und Steinherz war erblasst Aber er fasste sich bald. Sein Gesicht rötete sich und die Adern schwollen ihm an vor Zorn. Er befahl den Dienern, den, der dies gerufen hatte, zu packen und auszupeitschen. Doch alle Bettler waren verschwunden und mit ihnen auch Goldherz. Die

Gäste, zu Tode erschrocken, brachen hastig auf und Steinherz blieb allein zurück, kochend vor Wut.

Doch von diesem Tag an begann etwas in Steinherz, das wie eine Krankheit war und ihn langsam verzehrte.
In den Nächten fand er keinen Schlaf, nichts freute ihn mehr, weder die glänzenden Feste und die geladenen Gäste, noch sein Reichtum. Wenn hungrige Bettler an seine Türe kamen, liess er ihnen Almosen geben und sie dann schnell verjagen, weil er den Anblick von Hunger und Elend nicht mehr ertragen konnte. Den Bruder liess er suchen, um ihm seinen Teil des Vermögens, das er ihm vorenthalten hatte, zurückzugeben. Doch es war zu spät, die Frau war an ihrer Krankheit gestorben und Goldherz wies das Geld zurück..
Wann immer Steinherz von jemanden in Not hörte, fand er keine Ruhe mehr. Es nützte ihm nichts, die Ohren zu verschliessen, es drang wie ein nagender Wurm in sein Herz. Um Ruhe zu finden liess er jeden Bettler der Stadt aufsuchen, um ihm ein Almosen zu geben.

Und so verteilte Steinherz allmählich sein ganzes Vermögen und wurde selber zum Bettler. Doch immer noch hatte er keine Ruhe gefunden. Er irrte durch die Gassen, denn er hatte kein Zuhause mehr. Seine Kleider waren zerfetzt, sein Körper vor Hunger geschwächt und mit Wunden bedeckt. Als er schliesslich zu schwach war, um sich weiter zu bewegen, und elend auf der Erde lag, erbarmten sich seiner sogar die Bettler. Sie rissen von ihren eigenen Fetzen ab, um seine Schwären zu bedecken.

Als Steinherz sah, dass selbst die Ärmsten der Armen sich seiner erbarmten und sich keiner mehr fand, der ärmer als er selber war, glaubte er endlich Ruhe gefunden zu haben,und er schickte sich an, in Frieden zu sterben.

Doch immer noch peinigte ihn das traurige Schicksal seines Bruders und das Unrecht, das er ihm angetan hatte. Und so bat er die Bettler, den Bruder zu holen, damit er ihn um Verzeihung bäte.

Und wieder erbarmten sich die Bettler seiner und gingen den Bruder suchen. Sie fanden Goldherz am Rande der Stadt. Dort lebte er bescheiden mit Frau und Kindern in einem kleinen Häuschen. Er hatte wieder geheiratet und auch eine neue Werkstatt eingerichtet.

.

Als Goldherz hörte, was mit seinem Bruder geschehen war, liess er sich von den Bettlern zu Steinherz führen. Dieser lag elendiglich in einem Winkel auf der Strasse, kaum konnte er noch etwas sehen, noch hören, was man zu ihm sprach. Sanft berührte ihn Goldherz an der Hand und mit grösster Mühe öffnete er die Augen und erkannte seinen Bruder . Mit leiser Stimme sprach er zu ihm: " Ich habe dir grosses Unrecht getan. Ich bitte dich, nimm die Last meiner Schuld von mir und verzeihe deinem Bruder. So kann ich in Frieden sterben!"

Goldherz erbarmte sich seines Bruders und versicherte ihm, dass er ihm verziehen habe.. Doch liess er ihn nicht sterben. Die Bettler halfen ihm,

Steinherz in sein Haus zu bringen. Dort pflegte ihn seine Frau, bis sein Körper wieder gesund und die Wunden verheilt waren.

Als Steinherz wieder ganz gesund war, verliess er seines Bruders Haus und fing wieder an zu arbeiten. Und alles, was er verdiente, teilte er mit seinen Freunden, den Bettlern auf der
Strasse, damit ihn das Mitleid nicht mehr quäle.

Der Spion

Es war im ersten Weltkrieg.

Unweit der Landesgrenze lebte Rosa, jenseits der Landesgrenze wohnte ihre Zwillingsschwester Anna.

Vor dem Krieg hatte man sich alle paar Wochen besucht. Bis zum Zollamt waren es keine zwei Stunden zufuss, nach dem Zollamt wanderte man den Feldweg entlang eine halbe Stunde bis zu Annas Dorf.

Mit dem diesseitigen Zöllner waren sie in die Schule gegangen, der jenseitige war Annas Schwager. Unter Scherzen untersuchten sie den Korb und die Tasche auf Zollpflichtiges, man wechselte ein paar heitere Worte und wünschte sich einen guten Tag.

Seit der Krieg ausgebrochen war, hatten sich die Schwestern nicht mehr gesehen. Alles war abgesperrt, mit Stacheldraht verbaut. Oft hörte Rosa das Donnern der Geschütze. Jedesmal riss es ihr das Herz auf. Auch Anna musste es hören. Wen hatte es diesmal getroffen? Auf dieser oder auf jener Seite?

Rosas Mann und der ältere Sohn waren im Feld. Anna hatte einen einzigen Jungen. Sicher waren er und der Schwager auch eingezogen.

Man mochte Rosa in der Nachbarschaft. Sie war eine stille Frau, freundlich und hilfsbereit, redete nicht viel, fragte nicht viel, berühmte sich nicht, klagte nicht. Manche wussten, dass sie eine Schwester im Feindesland hatte. Aber Krieg ist Krieg, das Vaterland geht vor!

Niemand wusste, wie sehr Rosa den Krieg hasste. Warum hörte das Vaterland genau dort auf, wo Annas Dorf lag? Ihr eigener Sohn und Annas Sohn hatten doch miteinander gespielt wie Brüder! Und nun sollten sie einander totschiessen? Aus Pflicht? für`s Vaterland?

Rosa war Putzfrau. Sie putzte bei Familien, die sich während des Krieges eine Putzfrau leisten konnten. Sie arbeitete pflichtgetreu, hatte ein bescheidenes Wesen. und die Leute schätzten sie.
Unten ihnen war eine ausländische Familie, ihre Heimat war nicht am Krieg beteiligt. Die vierzehnjährige Tochter sass gelähmt im Rollstuhl.
Rosa ging gern dorthin zur Arbeit. Man behandelte sie nicht von oben herab, wie es zum guten Ton gehörte, man bezahlte sie grosszügig. Die Hausfrau war immer freundlich, das Mädchen anhänglich.
Nur der Hausherr flösste ihr ein wenig Angst ein. Ein grosser und magerer Mann, mit blassem Gesicht und finsterer Miene schien er ihr fremd und unheimlich. Ausser einem kurzen Gruss redete er kaum ein Wort zu ihr. Wenn Rosa seine Hemden wusch und bügelte, seine Anzüge und seine Schuhe bürstete, roch sie einen seltsamen, fremden Geruch, der den Kleidern entströmte. Er sei Wissenschaftler, Chemiker, ein Professor, erfuhr sie von der Hausfrau. Wenn er daheim war, zog er sich in sein Arbeitszimmer zurück. Das war eine kleine Kammer hinter dem Schlafzimmer.

Rosa hatte diese Kammer nie betreten. Es sei nicht nötig dort aufzuräumen, bedeutete man ihr. Der Professor arbeite dort an einer neuen Erfindung..

Rosa war nicht neugierig. Sie hielt sich an die Weisungen. Der Raum war ohnehin fast immer verschlossen. Einmal blieb die Türe einen Spalt weit offen, der Professor war für eine kurze Weile hinausgegangen. Rosa spähnte gerade den Fussboden im Schlafzimmer. Unwillkürlich warf sie einen Blick durch den Spalt. Sie konnte nichts erkennen, die Kammer war stockdunkel. Der Professor kehrte gleich zurück, und schloss hastig, wie ihr schien, die Türe wieder ab.

Eines Tages las man in der Zeitung von einem ausländischen Spion. Jemand hatte ihn angezeigt, und er war verhaftet worden. Man hatte bei ihm allerlei Fotografien von den Heimatfronten und andere militärische Geheimakten gefunden. Aufgeregt standen die Nachbarn auf der Strasse und erzählten es sich untereinander und beguckten das Bild des Spions in der Zeitung.
Rosa erstarrte vor Schreck, als sie dazu kam. Sogleich kam ihr der Professor in den Sinn. Der Mann auf dem Bild schien ihm auch täuschend ähnlich.
Was tat denn der immer in seiner stets abgeschlossenen, schwarzen Kammer? Warum durfte sie niemand ausser ihm betreten?

Das Herz klopfte ihr zum Zerspringen, als sie am nächsten Tag zur Arbeit ging. Die Frau öffnete ihr die Türe, lächelnd, wie immer. Das Mädchen sass in seinem Rollstuhl und las. Der Professor war in seiner Kammer eingeschlossen.

Rosa war erleichtert! Doch nur für kurze Zeit. Vielleicht war der Professor doch auch ein Spion? Welche Geheimnisse hielt er dort in der Kammer verborgen?

Tagsüber konnte sie an nichts mehr anderes denken, nachts raubte es ihr den Schlaf.

Zur Polizei gehen, den Mann anzeigen? ....Was würde dann aus der Frau und dem gelähmten Mädchen? ....Ihn nicht anzeigen? Dann half sie dem Feind. Mann und Sohn waren Sodaten und standen an der Front gegen den Feind......Anzeigen? Dann schadete sie den andern, und sie hatte vielleicht Annas Jungen und ihren Mann auf dem Gewissen.....

.

Eines Nachts sah Rosa im Traum zwei weisse Särge. In einem lag ihr Sohn, im andern Annas. Anna selbst sass wie ein Grabmal aus Stein gemeisselt zwischen beiden Särgen.....

In aller Frühe stand Rosa am Morgen auf. Sie fühlte sich wie fiebrig und krank. Ihr Entschluss war gefasst. Sie wollte nicht schuldig werden, weder am Tod ihres eigenen Sohnes, noch am Tod ihrer Schwester Sohn! Sie musste handeln!

Wie Irrlichter fegten die Gedanken durch ihren Kopf!..... Feuer legen.....verbrennen.? Ja, das war es!...Alles in der Kammer verbrennen!...dann kann es nicht mehr nützen und nicht mehr schaden!...

Sie musste den Moment abwarten, wenn er die Kammer verlässt....

...Das gelähmte Kind muss man in Sicherheit bringen...die Feuerwehr rufen...

Man wird mich verdächtigen. So mag man!... wird mich bei der Polizei anzeigen.... Man wird sich hüten!... Lieber ins Gefängnis, als schuldig werden am Tod der Söhne!....
Aber war es nicht doch ein Verbrechen.....?.
Rosa, sonst immer ruhig und besonnen, war wie entzwei gerissen.!

Ihr Herz pochte gegen die Brust, dass es schmerzte, als sie am nächsten Tag die Treppe zur Wohnung des Professors hinaufstieg. Mit zitternder Hand klingelte sie.
Niemand öffnete.
Sie wartete... Klingelte ein zweites Mal....Wartete..
Endlich hörte sie langsame Schritte. Die Türe ging auf. Die Frau empfing sie stumm, sie hatte verweinte Augen. Das Mädchen sass blass in seinem Rollstuhl.

Die Frau begann zu schluchzen..... In der Nacht, ...es war lange nach Mitternacht..... da hatte sie nachgeschaut... Er war noch immer nicht zu Bett gegangen ... Vornübergesunken hat sie ihn gefunden, das Gesicht in einer Blutlache... Ein Blutsturz......Man hat ihn ins Spital gebracht, er schwebt zwischen Leben und Tod.... Bitte, bitte, die Kammer saubermachen.... das Blut wegwaschen...!

Die Kammer war vollkommen dunkel. An der Decke hing eine Petrollampe...Rosa holte die Streichhölzer aus dem Beutel unter ihrer Schürze und zündete die Lampe an.

Sie sah Bücher und Bücher, viele dicke Bände in Leder gebunden, Zeitungen in hohen Stapeln, Mappen mit Zeichnungen und Manuskripten, Schreibhefte, vollgeschrieben mit Zahlen und Zeichen, die sie nicht verstand.

Ein Schreibtisch, darauf eine lederne Unterlage, ein Tintenfass mit einer Schreibfeder. Das Wachs einer abgebrannten Kerze auf einer Untertasse. Auf dem Löschblatt ein aufgeschlagenes Schreibheft.. Alles blutverschmiert...

Rosa versuchte zu entziffern, was auf dem Heft geschrieben stand. :...." Der Wahnsinn geht weiter....Väter, Söhne, Gatten, Brüder, hüben und drüben, die töten und sich töten lassen. Wozu? Für wen? Für dasVaterland? Wessen Vaterland? Warum----..". Rosa konnte nicht mehr weiterlesen, den Rest verdeckte eine Blutlache..

Die Frau fand Rosa in der Kammer, weinend auf dem Stuhl vor dem Schreibtisch.

Gerührt und erstaunt zugleich berührte sie die Putzfrau sanft an der Schulter.

" Vielleicht wird er gesund werden", sagt sie leise tröstend zu der fassungslos Weinenden. Aber Rosa weinte nur, weil ihr war, als hätte sie in Gedanken das Blut eines Unschuldigen vergossen.

Der Ehebruch

Ich höre, dass Sie Geschichten schreiben. Wollen Sie meine Geschichte hören? Ich erzähle Sie Ihnen, und Sie werden sich wundern...

Was hat sie wohl zu erzählen, die brave Frau, die graue, unscheinbare Maus, Ehefrau des braven unscheinbaren Spitalsangestellten, treue Frau und treue Mutter, die stille, treue Krankenschwester, was kann die wohl schon erzählen, werden Sie sich fragen.
Doch manchmal trügt der Schein!

Sehen Sie, ich war ein bescheidenes Mädchen, fromm erzogen, keine Schönheit. Das einzig Schöne an mir war mein Haar, das ich, wie Sie sehen, noch jetzt in zwei dicken Zöpfen um den Kopf trage. Nie hatte ich einen Hauch von Puder auf dem Gesicht, nie benützte ich einen Lippenstift.
Mit Dreissig heiratete ich. Beide waren wir ordentliche und vernünftige Leute, und passten darum zusammen. Er war der Richtige für mich und ich die Richtige für ihn. Eine Schönheit war ich nie - und er auch nicht.
Wir legten unser Erspartes zusammen und unsern Lohn und bauten zusammen ein. Heim, erzogen unsere Kinder. Zwei treue Kameraden, die zueinander hielten. Es gab kaum Streit zwischen uns. Beide taten wir unsere Pflicht. Ich hielt den Haushalt und die Kinder ordentlich und war ganz zufrieden dabei.

Und doch.... Sehen Sie, ich habe meinen Mann betrogen ... Ich die Brave, Becheidene, habe

Ehebruch begangen. Ich habe einen andern Mann geliebt, liebe ihn noch heute und er wohl auch mich. Haben Sie das von mir gedacht? Ich die Unscheinbare betrog ihren Ehemann mit einem der bekanntesten Männer unserer Stadt. Sicher kennen Sie ihn auch.

Es sind gute zehn Jahre her. Die beiden Mädchen waren noch ganz klein. Ich arbeitete halbtags im Spital und irgendwie war ich trübsinnig geworden. Einmal sassen wir in der Mittagspause in der Cafeteria des Spitals, meine Freundin Helene und ich. Sie arbeitete in der Kinderabteilung, ich in der Frauenklinik, Wir sprachen von alltäglichem Kram, Helene versuchte mich aufzuheitern. Plötzlich fragte sie:„ Willst Du nicht mit mir im Chor singen? Du hast doch eine gute Stimme! Und der Dirigent ist einfach fabelhaft!" „ Ich weiss nicht", zögerte ich. „Nach der Arbeit bin ich meistens müde. Und bis ich die Kinder ins Bett gebracht habe und alles für den nächsten Tag vorbereitet ist...Ich weiss wirklich nicht... „Warum nicht? Das wäre doch eine Abwechslung für Dich! Die Kinder kann ich gut übernehmen",. mischte sich mein Mann ein, der dazu gekommen war.
Der Gute! Er redete mir noch zu...!

Helene und ich kennen uns seit unserer Mädchenzeit. Wir haben viel musiziert zusammen, Gitarre gespielt, gesungen. Sie hat einen Sopran und ich einen Alt.

An einem Mittwoch Abend, bevor das Chorsingen begann, sollte ich geprüft werden In einem Zimmer neben dem Saal sass ein älteres Fräulein am Flügel und er, der Chordirigent, stand daneben. Ich sah ihn an, und ich wusste vom ersten Augenblick an: Dieser Mann ist mein Schicksal und ich bin das seine!

Die Begleiterin schlug einige Töne an und ich musste sie nachsingen. Am Anfang kamen sie zaghaft, aber dann wie früher voll und rein. Die Prüfung dauerte nicht lange. Schliesslich forderte er mich auf, ein Lied zu singen. Ich sang ein Lied von Schubert: „ Nur wer die Sehnsucht kennt, weiss, was ich leide.".

Jahrelang hatte ich nicht mehr richtig gesungen, etwa Liedchen mit den Kindern vor dem Zubettgehen. Und doch hatte ich noch nie in meinem ganzen Leben so schön gesungen wie damals. Es schien mir, als ob ....wie soll ich das ausdrücken..... als ob die Stimme wie ein warmer Quell oder wie ein Sonnenstrahl aus mir kam.

Er verabschiedete sich und sagte: „ Eine solche Altstimme nehmen wir gerne in den Chor auf!"
 Ich fühlte, wie ich erglühte. Sein Händedruck, seine Stimme, sein Lächeln...ich war sicher, er fühlte gleich wie ich.
Die Begleiterin schlug den Klavierdeckel zu und meinte: „ Sie haben eine starke Stimme. Soprane haben wir genug, aber an Altstimmen fehlt es immer!"

So sang ich jahrelang in seinem Chor, im Chor des Stadtorchesters, Mittwoch für Mittwoch, bei den Proben, vor Konzerten sogar noch öfter. Nie haben wir miteinander gesprochen, und doch zeigte er mir jedes Mal seine Liebe.

Er sagte „dolce, dolce meine Damen", und er meinte mich. Wenn er sich zur Altstimme drehte, blickte er mich an und lächelte.....sein Lächeln, das mich vom ersten Moment an verzaubert hatte.

In allen seinen Gebärden als Dirigent fühlte ich seine Umarmung, in allen seinen Anweisungen an die Stimmen hörte ich seine Zärtlichkeit, die Zeichen seiner Liebe.

Als meine Mutter schwer krank war und ich verzweifelt, sangen wir gerade die Matthäus` Passion. Als der Engel „Erbarme Dich ..." sang, blickte er zu mir. Einen winzigen Augenblick nur, aber es hiess: ich fühle mit Dir, und es schenkte mir Kraft.

Als Mutter gestorben war und ich wieder im Chor erschien, sangen wir das Brahms` Requiem. Und wieder, als der Engel sang „ Ich werde Euch wieder sehen und Ihr sollt Trost finden", blickte er zu mir und sah meine Tränen.

Mit Vierzig wurde ich wieder schwanger. Da war sein „dolce" und „ sein" leise, leise, meine Damen" noch viel zärtlicher und ich wusste, es galt mir. Es hiess:

„ Ich freue mich so sehr! Trage Sorge zu Dir und unserm Sohn!"

Er wusste doch, dass es sein Sohn war, den ich trug.

Mein Mann war ausser sich vor Freude, dass er auf die alten Tage noch einen Sohn geschenkt bekam, er war doch schon fünfundvierzig. Stolz führte er ihn im Wagen spazieren. Einmal begegneten wir ihm, meinem Geliebten. Er war mit seiner Frau. Er nickte kurz einen Gruss und beide schauten in den Wagen und dann mich an. Er lächelte zu dem Kleinen, und dann zu mir..... seinem Sohn und seiner Liebe.

Mein Mann weiss nicht, dass der Junge nicht sein Sohn ist. Er gleicht ihm stark. Er hat ihm ja seinen Körper gegeben, doch gezeugt hat ihn die Liebe eines andern!
Gab es je eine reinere Liebe?!
Unsere Körper und unsere Lippen haben sich nie berührt! Sein Lächeln hat mich umarmt, in seinem Blick haben wir uns vereinigt.

Unsere Liebe war ein Geschenk des Himmels, eine heilige Liebe! Sollte ich sie nicht annehmen? Sie hat mir soviel Glück gegeben .... und niemandem Schmerz bereitet.

Das ist meine Geschichte und Sie sind die Erste, der ich sie erzähle!

Die Freunde und ihre Stadt

Es waren einmal vier Freunde. Der eine war besonnen und gescheit, und sie nannten ihn Klug. Der zweite war tapfer und ein Soldat, und sie nannten ihn Mut. Der dritte war fleissig und ein Bauer, und sie nannten ihn Fleiss. Der vierte war ein Bote, und er nannte sich selber "der Redner," aber bei den Freunden hiess er nur "der Schwätzer." Er trug Neuigkeiten von einem zum andern und erzählte sonderliche Geschichten. Aus ganz Gewöhnlichem machte er Seltsames, was klein war, wurde bei ihm zwanzigmal kleiner, was gross war, zwanzigmal grösser, aus kleinem Winziges, aus Grossem Riesiges. Ein kleingeratenes Kalb verwandelte er in ein neugeborenes Kätzchen, eine grosse Katze in einen gefährlichen Tiger. Doch bei den Freunden war er dennoch gern gesehen, denn sie lachten über ihn und seine Geschichten.

Nun wollten die vier Freunde eine Stadt gründen, eine besondere Stadt, wo jeder ruhig und friedlich und in Sicherheit leben konnte.
Klug sollte Bürgermeister werden und die Stadt verwalten, Mut sollte die Stadt vor Feinden schützen, Fleiss um die Stadt Äcker bebauen und Vieh züchten und Vorratskammern füllen, damit immer genug Nahrung für alle da sei. Aber welches Amt sollte man dem Schwätzer geben? Nun, er sollte Spassmacher der Stadt werden und die Leute unterhalten.
Schwätzer war aber nicht zufrieden mit diesem Amt, er hielt es nicht für so ehrenvoll wie die Ämter der andern Freunde. Nun, so sollte er die Festrede halten bei der Einweihung der Stadt. Das gefiel ihm

besser, aber es war ihm noch immer nicht gut genug. Nun, so mochte er Bote sein, und wenn der Stadt Gefahr drohte, es unverzüglich den andern Freunden melden und die Bürger warnen. Mit diesem Amt gab er sich zufrieden.

Die Freunde wählten ein Stück Land an einem Fluss und berieten, wie sie die Stadt bauen sollten. Sie suchten auch Leute, die ihnen dabei halfen.
Bald fanden sich viele, die dazu bereit waren, Männer und Frauen und Kinder; denn sie alle wollten in dieser besonderen Stadt, wo Frieden und Ruhe und Einigkeit herrschen sollte, wohnen.

Alle arbeiteten fleissig vom frühen Morgen bis spät in der Nacht. Wasserleitungen wurden gezogen, Abflusskanäle ausgehoben, Strassen und Häuser gebaut, Bäume gepflanzt und Gärten angelegt. Die jüngeren Männer verrichteten die schweren Arbeiten, die jüngeren Frauen die leichteren. Die älteren Frauen bereiteten das Essen für die Bauleute, die grössseren Kinder brachten das Essen auf die Baustellen, und die älteren Männer hüteten die kleinen Kinder.

Es wurde eine wunderschöne Stadt. Sie hatte hübsche Häuser und Gärten und auch ein Schulhaus und ein Gebetshaus, wo jeder nach seiner Art beten durfte. In der Mitte war ein grosser Stadtplatz, wo die Leute zusammenkamen.

Bei der Einweihung hielt Schwätzer die Festrede auf dem grossen Stadtplatz. Er gedachte dabei aller, die so fleissig mitgeholfen hatten, die Stadt zu erbauen. Doch sparte er nicht mit Lob für sich selber, obschon er kaum einen Handstreich getan hatte. Während die andern angestrengt gearbeitet hatten, war er von einem zum andern gelaufen und hatte sie mit seinem Schwatzen eher bei der Arbeit gestört.

Klug verwaltete die Stadt, und es herrschte Ordnung. Mut führte Wehrmänner an, um für die Sicherheit der Stadt zu sorgen. Rund um die Stadt bis zum Fluss blühten die Äcker und Felder, die Fleiss und die anderen Bauern angebaut hatten. Kühe und Schafe weideten auf üppigen Wiesen. In den Scheunen waren Vorräte gesammelt für Zeiten der Dürre, damit die Stadt nie Hungersnot erleide.

Dem Schwätzer aber war es langweilig. Alle lebten ruhig und friedlich in der Stadt und Feinde liessen sich nicht erblicken.
Da kam er einmal zu Mut und zu Klug gerannt um zu melden, gefährliche Räuber, etwa hundert an der Zahl, näherten sich der Stadt, um die Viehherden zu stehlen und die Stadt auszurauben. Mut rief sogleich alle Wehrmänner zusammen und sie stürmten vor die Stadt, um die Feinde.zu verjagen. Doch anstelle der Feinde fanden sie fünf friedliche Wanderhirten, die ihre Schafherde am Flusse tränkten. Schwätzer gab zerknirscht zu, dass er sich geirrt hatte, und er versprach, sich zu bessern und nie mehr falsche Meldungen zu überbringen.

Doch einmal bedrohte wirklich eine grosse Bande berittener Räuber die Stadt. Der Schwätzer, jedoch, hatte nichts bemerkt. Ein junger Hirte hatte die Räuber gesichtet und eilte zu Schwätzer in die Stadt, und ausser Atem erzählte er, was er gesehen hatte. Aber Schwätzer war gerade damit beschäftigt, auf dem grossen Stadtplatz eine Rede zu halten. Er hörte gar nicht recht hin und nahm nicht sehr ernst, was der junge Hirte ihm gemeldet hatte. Erst beendete er seine Rede, bevor er Mut und Klug die Botschaft überbrachte.

Wieder sammelte Mut die Männer und sie stürmten vor die Stadt. Und es war höchste Zeit! Schon hatten die Räuber die Viehherden in ihre Gewalt gebracht und schon waren sie daran, die Stadt zu überfallen .

Nach einem schweren Kampf gelang es den Männern, die Räuber in die Flucht zu schlagen und die Viehherden wieder heimzubringen. Viele Männer waren verwundet, aber zum Glück kamen alle wieder lebend nach Hause.

Nun wollte man aber ein Fest feiern aus Freude über den Sieg. Wo aber war der Schwätzer, um die Festrede zu halten?
Niemand wusste, wo Schwätzer war, niemand hatte ihn gesehen. Schliesslich fand man ihn in der Vorratskammer von Fleiss. Dort hatte er sich hinter einem Getreidesack versteckt.

"Du kannst herauskommen", riefen die Freunde, "die Gefahr ist vorüber, der Kampf ist vorbei!

"Da kroch Schwätzer hinter dem Getreidesack hervor, und sogleich begab er sich auf den Stadtplatz, um die Festrede zu halten.

In der Festrede lobte Schwätzer die Tapferkeit von Mut und den andern Männern. Doch er verfehlte nicht zu sagen:" Verloren wäre unsere Stadt gewesen, hätte ich nicht Mut und Klug unverzüglich die Gefahr gemeldet!"

Da brachen viele in schallendes Gelächter aus, denn sie wussten alle, dass nicht er, der Schwätzer, sondern der junge Hirte die Stadt gerettet hatte.

Einige aber waren sehr zornig, und der Sohn von Klug fragte seinen Vater: "Wozu brauchen wir einen Bürger wie Schwätzer in unserer Stadt?

Als wir die Stadt bauten, hat er kaum einen Streich getan. Sein Amt hat er schlecht versehen und die Stadt in Gefahr gebracht. Beim Kampf hat er nicht mitgemacht, sondern sich nur feige in einer Vorratskammer versteckt. Und doch geht er hin und redet, als ob er die Stadt erbaut und gerettet hätte!"

So redete der Sohn mit seinem Vater und Klug dachte lange nach.

Schliesslich entgegenete er:" Schwätzer gehört zu unserer Stadt wie Mut und Fleiss und ich selber.

Lachen wir nicht über seine närrischen Geschichten? Bringt er nicht Spass in unsern Alltag?

Dass er sein Amt schlecht versehen hat, ist unsere Schuld. Wir haben ihn in dieses Amt gewählt und hätten doch wissen müssen, dass er dafür nicht geeignet ist."

"Auch brauchen wir den Schwätzer, um uns an ihm zu messen.", fügte er hinzu.

" Um uns an ihm zu messen?", fragte der Junge erstaunt.

"Ja, mein Sohn", entgegenete der Vater," um uns an ihm zu messen. Es ist wahr, Schwätzer ist nicht fleissig, ist nicht tapfer und nicht klug. Wie aber misst man Fleiss,wenn nicht an Faulheit? und Tapferkeit, wenn nicht an Feigheit? und Klugheit, wenn nicht an Dummheit?"

" So müssten wir auch Böse in unserer Sadt haben, um die Guten an ihnen zu messen", meinte der Sohn.

"Nein, mein Junge!", widersprach Klug, "Böses und Gutes lassen sich nicht aneinander messen. Jedes steht für sich allein und lässt sich erkennen: Böse ist, was anderen schadet und nur dem Bösen nützt. Gut ist, was anderen nützt und nur dem Bösen schaden kann."

So sprach Klug zu seinem Sohn. Der fühlte anders, weil er noch jung war, aber er wusste nicht, wie dem Vater zu widersprechen.

Der junge Hirte wurde an Schwätzers Stelle zum Boten der Stadt gewählt,
und Schwätzers Aufgabe fortan war, Reden zu halten und die Leute mit seinen Geschichten zu unterhalten. Dies gefiel allen gut und ihm selber am meisten.

Und wenn Leute unterhalten und sie zu Fröhlichkeit und zum Lachen zu bringen etwas Gutes ist, so tat er auch Gutes.

Die Versöhnung

182

Sie fragen, wie es mir geht Nun, man fragt, weil es so der Brauch ist. Oder nicht? Es gehört sozusagen zum Gruss. Will man wirklich wissen, wie es dem andern geht? Will man ihm zuhören, wenn er erzählen will, wie es ihm geht? jahrelang verkroch ich mich in meinen vier Wänden, ging kaum aus dem Haus, versteckte mich, nur damit mich keiner fragt Wie geht es dir, und ich nicht anworten musste... Was hätten ich antworten sollen? Vom Unglück erzählen, das mich verfolgte? Ich schämte mich, ich war ja einer, der nichts anderes zuwege bringt, als vom Unglück verfolgt zu werden. Jetzt ist das Herz zum Überlaufen voll, jetzt will ich erzählen. Aber will man mir zuhören?

Ob ich gut gefastet habe? Das erste Mal nach vielen Jahren habe ich gefastet.

Viele Jahre lang war Jom Kippur' für mich ein Tag wie jeder andere. Gram und Traurigkeit zwischen Morgen und Nacht, Verzweiflung zwischen Nacht und Morgen. Ich habe kein Gebetbuch aufge-schlagen, ich habe nicht gefastet. Vielleicht habe ich doch gefastet? Dann nur so aus Gewohnheit. Was hat es mir schon bedeutet. Es lag mir nichts am Essen, es lag mir nichts am Fasten. Ich wusste gar nicht, ob ich gegessen hatte oder nicht. Gibt man doch dem Körper Nahrung, um ihn am Leben zu erhalten. Und wenn man den Körper nicht am Leben erhalten will? Es lag mir nichts am Essen und nichts am Leben. in Ausschwitz hatte ich die Rinde von den Bäumen geschält, der Hunger war tierisch... Nein, ich ging nicht in die Synagoge, jahrelang nicht. Am Abend vor Jom Kippur schlich ich mich manchmal in die Nähe, versteckte mich in einem Hauseingang gegenüber, beobachtete die Leute, wie sie hin schritten, das Gebetbuch und den Talith2 unter den Arm geklemmt, eilend wie ich zu eilen pflegte, um den Beginn des Kol Nidrei3 nicht zu verfehlen. ich hörte die Stimme des Chasans und das Raunen der betenden Männer. . sie brachen mir fast das Herz... Was sollte ich dort drinnen? Ich war ja einer, den Gott verlassen hatte, einer, den Gott nie geliebt hat, ja einer, der sich selbst von Gott verspottet fühlte. Gott, der ihm jedesmal ein wenig Glück gab und es wieder wegnahm. Wie man einem Kind einen bunten Gegenstand zeigt, es greift danach und man zieht es wieder weg.

«Man muss weiter hoffen» pflegte die Frau zu sagen Man muss immer weiter hoffen, nie darf man aufhören!» Hoffen hoffen, hoffen... Hoffnung war längst ausgebrannt in mir. Sie tröstete mich nach jeder Fehlgeburt, wie viele waren es?

Sie tröstete mich! Auch bevor sie starb, tröstete sie mich. Weiss im Gesicht, mit grauen Lippen lag sie da «Du hast doch das Kind...!» ...Die Stimme war schon erloschen...

Es war in Auschwitz. Einmal, ich war schon zu schwach, selbst um Rinde von den Bäumen zu kratzen, setzte ich mich an den Rand des Grabens und wartete auf den Tod. Die Schaufel konnte ich nicht mehr halten, ich liess sie neben mir fallen... Wer nicht mehr graben konnte, wurde erschossen. Die Leichen fielen in den Graben...

Sollte man mich doch erschiessen! Es kam auf das selbe heraus, ob ich vor Schwäche starb oder ob man mich erschoss,.. Ich hatte noch ein altes Gebetbuch bei mir. Ich versuchte darin zu lesen. Die

Hände zitterten, hielten kaum das Buch, Die Buchstaben schwammen mir vor den Augen. Mit aller Kraft versuchte ich zu beten. Ich wollte das Todesurteil von Gott annehmen ohne zu murren. Zu fragen hatte ich keine Kraft mehr... Ein Bursche, der Brot ins Lager brachte, blieb neben mir stehen und fragte nach dem Buch, das ich in der Hand hielt. «Ein Gebetbuch», sagte ich. Er schien gerührt. Er schenkte mir ein Brot. Wahrscheinlich riskierte er damit sein eigenes Leben. Ich aber glaubte, dass es ein Fingerzeig Gottes war.. ich sollte begnadigt werden... überleben. Kurz darauf wurden wir befreit. Mein Körper war zum Skelett ausgemergelt, von Wunden übersät... ich wog soviel wie ein Zwölfjähriger...

Ich begann nach meiner Familie zu suchen nach meiner Frau, meinen Eltern, meinen Brüdern, meiner Schwester. ... Nichts Niemand fand ich, von keinem ein Lebenszeichen! Wie sollte ich, wie konnte ich allein weiterleben? Ich verfluchte mich. Warum bin ich als Einziger am Leben geblieben.., nur ich... ausgerechnet ich?

Aber ich war noch jung, und ich musste eine starke Natur gehabt haben. Mein Körper erholte sich wieder, die Wunden heilten aus. Und ich wollte wieder leben. ja. ich wollte wieder leben, vergessen!...

Ich heiratete ein zweites Mal, Meine Frau hatte das Arbeitslager überlebt. Wie ich keinen mehr am Leben angetroffen, Vater, Mutter, Brüder und Schwestern waren umgekommen.

Wir wollten zusammen eine Familie gründen. Kinder haben, ihnen die Namen unserer Eltern geben, denen zu Trotz, die unsere Familie, unser Volk ausrotten wollten. Nie sollten sie ihren Triumph haben!

Aber es geschah nicht so, wie wir es uns vorgenommen hatten. Eine Fehlgeburt folgte der andern. Das Kind, das uns endlich geboren wurde, war ein kleines Mädchen... ein schönes kleines Mädchen. Es hatte goldene Locken, wie mein erstes Kind. Das war von den Nazis vor unseren Augen erschossen worden. Wir hatten es mit der Grossmutter im Keller versteckt... Wir nannten das Mädchen wie mein erstes, Rachel Lea, nach meiner Mutter. Mit drei Jahren erkrankte es. Eine seltene Krankheit, sagten die Ärzte. Wir liefen von einer Kapazität zur andern... Keiner konnte helfen. Wieder begann das verzweifelte Warten und Hoffen und Beten. Meine Frau war nicht mehr jung. Sie wurde nicht mehr schwanger. Auch sie hatte schon die Hoffnung aufgegeben, als das Wunder geschah. Sie wurde wieder schwanger und trug das Kind aus. Wir standen vor dem Kind und lachten und weinten vor Glück. Es war ein so wunderschöner kräftiger Junge. Er wuchs wie ein Prinz auf, unser Sohn. Wir dienten ihm wie Leibeigene. Wir verwöhnten ihn mit allem, was es nur gab. Lieber hätten wir nicht gegessen, als ihm einen Wunsch zu versagen. Die Mutter liess niemanden in sein Zimmer, sie räumte es selber auf, sie wusch seine Wäsche eigenhändig.

Zehn gute Jahre verlebten wir. Zwar hatten wir nicht ein halbes Dutzend Kinder, wie wir es gewollt hätten. Wir hatten nur einen Sohn, aber der war gut geraten, gross, kräftig, der Beste in der Klasse. Ich hatte eine gute Arbeit, wir wohnten in einer hübschen Wohnung. Wir hatten sogar einen Garten. Siehe da! Der Jude hatte einen Garten, bebaute Erde! Aus dem Sohn sollte kein Galuthjude werden, er sollte frei und stolz aufwachsen! So beschlossen wir.

Und dann brach wie aus heiterem Himmel das Unglück über uns herein. Ich merkte lange nichts, wollte vielleicht nichts merken. Sie verschwieg mir ihre Schmerzen, verlor kein Wort darüber, wie sie litt. Sie spielte und sang mit dem Jungen, empfing mich wie immer mit einem Lächeln, wenn ich von der Arbeit kam,

Eines Tages sagte sie: «Hör' zu, der Arzt meint Mein Herzschlag setzte aus. «Warum, warum? Mein Gott, warum?» Ich schrie und heulte wie ein Kind. Sie streichelte mein Gesicht. «Weine nicht, sagte sie, «Du hast das Kind. Versprich mir, dass Du auf den Jungen aufpasst und ihn anständig erziehst. Und nie solil er wissen, was man uns angetan hat! Nie soll er die Schande erfahren!»

Zwei Jahre dauerte es. Es war unerträglich zu sehen, wie sie einging, verwelkte... wie eine Blume. Ich weinte nicht mehr, nicht einmal an ihrer Beerdigung, keine einzige Träne habe ich vergossen. Ich war zu Stein geworden.

Allein stand ich nun da mit einen zwölfjärigen Jungen. Ich musste ihm Vater und Mutter sein. Man riet mir nochmals zu heiraten. Ich konnte nicht... Ihr Bild, ihr gütiges Lächeln begleiteten mich überall. Und konnte ich dem Sohn eine Stiefmutter zumuten? Am schlimmsten waren seine Fragen. "Warum musste Mutter sterben? was war vorher?"

Ich konnte und wollte ihm nicht erzählen.

Er wuchs heran, über Nacht wurde er ein Mann und begann eigene Wege zu gehen. Ich wagte nicht, ihn zu tadeln. Ich hatte Angst, ihn zu erzürnen. Er war ja das Einzige in meinem Leben, der ganze Sinn meines Lebens. Durch ihn bestand die Familie fort, ohne ihn wäre die Familie ausgelöscht, mein Name, der Name meines Vaters und meines Grossvaters ausgemerzt. Er war, ich schäme mich es zu erzählen, fast ein Heiligtum für mich, dem ich wie ein Sklave diente, So hatte ich mich irgendwie mit dem Schicksal abgefunden.

Eines Tages kam ich nach Hause.. .und er war nicht da. Es wurde Nacht, es wurde Morgen, er kam nicht nach Hause. Zuerst befürchtete ich Schlimmes. Aber dann, als ich sein Zimmer betrat, wurde mir klar: Es war ihm nichts zugestossen. er war nicht entführt worden. Er hatte einfach seine Sachen gepackt und war weggegangen. Ich wartete Tage, Wochen, Monate.,. Zuerst hoffte ich, er würde bald zurückkommen, wir hatten ja keinen Streit miteinander gehabt. Schliesslich begriff ich, dass er das Haus für immer verlassen hatte. Manchmal ging ich in sein Zimmer, berührte sein Bett, seinen Schreibtisch, den Stuhl, auf welchem er immer gesessen hatte, und ich sprach mit ihm. «Warum hast Du mir das angetan? war ich nicht gut zu Dir? Habe ich Dir nicht alles gegeben, das ich geben konnte?» Und ich antwortete mir selber an seiner Stelle: «Ich habe es satt, Dein Ein- und Alles zu sein. Ich habe es satt, von Dir behütet und bedient zu werden, ich habe es satt, einen Vater zu haben, der mein Sklave ist»

Die Jahre vergingen, und ich war sicher, dass er nicht mehr lebte. Er hätte sich doch gemeldet. Ich begann mit Gott zu hadern. Das Einzige, das Letzte in meinem Leben hatte mir Gott genommen, Was habe ich getan, was habe ich gesündigt. wofür muss ich büssen? fragte ich. An einem Jom Kippur, während des Gebetes, wurde ich zum Rebell. Wozu schlage ich mich an die Brust? Keine der Sünden, die aufgezählt sind, habe ich begangen! Keinen habe ich belogen, keinen habe ich betrogen, keinen habe ich bestohlen! Keinem hatte ich etwas zuleide getan. Wen sollte ich um Verzeihung bitten und wem sollte ich verzeihen? Dem Bäcker vielleicht, bei welchem ich das Brot kaufe, oder dem Milchmann oder dem Krämer? Sie haben mir nichts angetan, ich habe ihnen nichts angetan «Der Einzige, der mir Leid zugefügt hat, bist Du. Gott!», sagte ich. Du bist gross und mächtig und ich bin ein Nichts vor Dir, ein Nichts... Nichts... ein kleines Insekt, das ich zwischen zwei Fingern zerdrücke. Es liegt auf dem Rücken und zappelt verzweifelt mit den Beinchen. Hast Du kein Erbarmen, Gott? Warum zerquetscht Du es nicht ganz? «Nein, nicht ich muss mich bei Gott entschuldigen, Gott muss mich um Verzeihung bitten!» Seither bin ich nicht mehr in die Synagoge gegangen, habe nicht mehr gebetet, nicht mehr gefastet.

So vergingen die Jahre. Eines Tages lag ein Brief in meinem Kasten. Das war vor einigen Wochen. Eine fremde Marke, ein grosser, gelber Umschlag, ein gedruckter Briefkopf. Das muss ein amtlicher Brief sein, schoss es mir durch den Kopf, eine Mitteilung, dass mein Sohn nicht mehr lebte. Ich begann zu zittern, mein ganzer Körper bebte. Ein Nachbar ging vorbei und fragte, ob ich Hilfe brauche. Er führte mich die Treppe hinauf zu meiner Wohnung. Ich glaube, ich dankte ihm nicht einmal. Ich setzte mich in der Küche nieder, den Brief in der Hand. Ich weiss nicht, wie lange ich so da sass. Ich fürchtet mich, den Brief zu öffnen. Schliesslich sagte ich mir: Mit dem Schlimmsten hast Du ja doch schon gerechnet. Schlimmeres kann Dir nicht mehr geschehen! Und ich riss den Brief auf. Es waren einige Seiten, in Druckschrift. Wie im Fieber blätterte ich die Seiten um. Kein Wort vermochte ich zu lesen, ich wollte es auch gar nicht lesen. Mit einem letzten Schimmer von Hoffnung suchte ich nach der Unterschrift. Endlich fand ich sie... Das einzige handge-schriebene Wort: . . .der Name meines Sohnes. Kann ein Herz stillstehen, ein Leib bersten vor Glück?! Ich schrie, oder vielleich schrie es nur in mir: Er lebt, er lebt! ich werde ihn wiedersehen! Er lebt!...» Ja! Dieses Jahr ging ich in die Synagoge. im Marschschritt ging ich. Dieses Jahr habe ich gefastet, dieses Jahr habe ich gebetet... Als am Ausgang von Jom Kippur der Schofar ertönte, tat sich wie eine Helligkeit vor mir auf, ein wundersam gutes, warmes Gefühl überkam mich.

Ja! Ich habe Gott verziehen.

Das Hinkebein

Ich bin das Hinkebein
Sonst leider nichts!
Hab' weder Schönheit, Seele oder Geist,
Hab' nur ein Hinkebein,
Sonst nichts!

Wie geht doch die Geschicht?
Vom Pfau und der Nachtigall?
Dem Pfau die Federn, der Nachtigall die Stimme ,
Doch mir nur ein Hinkebein
Sonst nichts!

Da gibt es Leute,
die beneiden mich.
Die haben alles, denen fehlt nichts,
Nur mein Hinkebein
Sonst nichts!

Traurige Gäste

Das Hinkebein und blinder Jock,
sie waren zu Gast geladen.
Da gab es Speis' und Tanz und Trank
Und lust'ge Leut' und Lichterglanz
Und alle waren's zufrieden.

Doch Hinkebein, klagt Hinkebein
„Was nützt mir aller Sang und Klang,
wenn ich nicht dazu tanzen kann.
Ach könnte ich's, ich tät's so gern¨
Und könnte ich's, die Welt wär' mein !
Da wäre ich nicht so ganz allein,
wenn andere Leut' sich freun! „

Und blinder Jock, klagt blinder Jock:
„Ach hätt' ich doch deren Augen!
Was nützt mir all' der Lichterglanz,
wenn ich's nicht kann erschauen!
Ach könnt ich's, ich tät's so gern¨
Und könnte ich's, die Welt wär' mein!
Da wäre ich nicht so ganz allein,
Wenn andere Leute sich freun!"

Und als das Fest am höchsten war
Da schlichen sich die beiden von dannen.
Die lust'gen Stimmen tönten ihnen nach,
 wie Spott in ihren Ohren.
Da hielten sich die beiden Hand in Hand
Das Hinkebein und blinder Jock
Und fanden Trost zusammen.

La Grosse

"Nur hereinspaziert, meine Herrschaften1 Wollt ihr das dickste Weib der Welt sehen? Arme und Beine wie Ofenrohre, Panzergeschütz hinten, Saldovoschlag vorne. Die reinste Zirkusfigur!"

Man soll nicht so geboren werden. Es vererbt sich. Mein armer Junge! Für einen Mann ist es noch schlimmer als für eine Frau.

Meine Mutter hasste mich, wie man sich selber hasst, wenn man so aussieht. La Grandmère, Papas Maman, zischte zwischen den Zähnen:"Elle est grosse"! , und die ganze Verachtung sprühte im "krosss",mit. Dabei verdiente Mama mit ihrer Boutiqque für Kleidergrösse ab 44 mehr als Papa, ihr Sohn, als Angestellter. Mir, der Enkelin, liess sie ab und zu ein Kleidchen nähen und seufzte jedesmal tief, wenn sie meine Rundlichkeit darin betrachtete.

Aber Papa liebte mich, die Grübchen und die reine Pfirsichhaut. Marzipanengelchen, Zuckerpüppchen nannte er mich. Stolz stellte er mich seinen Kartenbrüdern vor. Einer kniff mich lüstern ins feiste Bäckchen und drehte noch das Fleich um seinen Daumen. Anstatt seine Leidenschaft zu teilen, traf ihn mein strammes Füsschen im schwarzen Lackschuh und weissem Kniestrumpf kräftig ins Schienbein, dass er aufjohlte. Papa entschuldigte sich verlegen, aber Mamas Augen funkelten vor Freude.

Heute war ich bei der Ärztin. Kein Gramm weniger! "Na, gute Frau, Sie müssen sich halt zusammen-nehmen. ..." Am liebsten hätte ich ihr einen Tritt gegeben und ins Gesicht gespuckt. Zwei Monate habe ich faktisch gehungert. Vor Wut kaufte ich eine Riesentafel Schockolade und frass sie auf einmal auf.

Ich war gut in der Schule und hatte ein scharfes Mundwerk. So liess man mich in Ruhe trotz meiner Dicke. Als ich die Schule beendete, wollte ich einen anständigen Beruf lernen. Papa wollte nichts davon wissen. Sein Marzipanengelchen sollte heiraten und ihm Marzipanenkerlchen schenken. Aber Mama liess nicht locker und so bekam ich eine gute -Ausbildung. Zum Glück! So konnte ich mich und meinen Jungen aushalten, als ich keinen Mann mehr hatte.

Bevor Mama starb, sass ich tage-und nächtelang an ihrem Bett. Der Krebs hatte sie bis auf die Knochen abgenagt, die Nase stand spitz heraus. Zum ersten Mal fand ich meine Mutter schön. Und zum ersten Mal wurde mir bewusst, dass ich sie liebte. Mit letzter Kraft streichelte sie meine Hand. Als sie gestorben war, fühlte ich mich allein gelassen. Sie fehlte mir sehr.

Einmal werde auch ich da liegen, bis auf die Knochen abgenagt und schön.

Mein Sohn kommt zu Besuch, draussen wartet eine schöne. schlanke Schwiegertochter und süsse Enkelchen. Man erlaubt ihnen hereinzukommen. Sie streicheln meine Hand, und die Schwiegertochter sagt:" Du darfst uns nicht verlassen, wir lieben dich doch!"

Und ich bin glücklich, sooo glücklich!

Das Pferd

Nach dem ersten Weltkrieg wanderte Mutters älteste Schwester Pauline mit ihrem Mann Mark nach Amerika aus.

Man erzählte sich damals Wunder aus Amerika, von armen Schluckern etwa, die als Tellerwäscher begonnen hatten und über Nacht Millionäre geworden waren, Amerika, so glaubte man, sei das Land der unbegrenzten Möglichkeiten..

Auch Mark wollte sein Glück dort versuchen, doch Pauline fiel es schwer, sich von den Eltern und den Geschwistern zu trennen.Zu jener Zeit war man ja nicht sicher, ob man einander je wiedersehen würde, wenn man sich so weit entfernte.

"Du musst dich entscheiden", sagte Mark zu ihr. "Entweder deine Eltern oder dein Mann, und mit ihm auszuwandern. Da entschloss sich Pauline, mit ihm zu gehen

Marks alter Onkel lebte in Amerika. Eines Tages erhielten sie einen Brief von ihm "Ich bin alt und schwach geworden, ich will zu meinem Sohn nach New York ziehen," schrieb er." Wenn du willst, überlasse ich dir meine Farm mit allem, was darauf ist."

Mark hatte auf der Universität studiert und Pauline war eine tüchtige Bürolistin gewesen. Beide verstanden von Landwirtschaft soviel wie eine Kuh vom Seiltanzen. Doch sie begannen von der Farm zu träumen, Mark von einer Hühnerzucht, einem blühenden Handel mit Geflügeln und Eiern, Pauline von einem Gemüsegarten, Blumen, Obstbäumen , Kühen, frischer, fetter Milch für ihre kleine Sarah.

Es vergingen mehrere Monate, bis sie von den amerikanischen Behörden die Einreiseerlaubnis erhielten. Pauline packte ihre Aussteuer, ein wenig Hausrat, Bücher und Fotografien in zwei grosse Kasten ein und sie begaben sich auf die Reise.

Mit der Eisenbahn fuhren sie bis Hamburg. Grossvater begleitete sie bis zum Schiff. Bevor sie den Dampfer bestiegen, übergab er ihnen eine Brieftasche mit ein paar Geldscheinen "Für die erste Zeit im fremden Land," erklärte er.

Pauline und Grossvater weinten, als sie sich voneinander verabschiedeten. Grossvater hielt die kleine Sarah, seine erste und einzige Enkelin, auf dem Arm und die Tränen kollerten ihm in den Bart.

Es war eine beschwerliche Reise. Das Meer war stürmisch, Pauline litt an Seekrankheit und Klein-Sarah hatte nicht die richtige Nahrung auf dem Schiff. Viele Neueinwanderer, meistens junge Paare und unverheiratete Männer, waren an Bord. Alle träumten von Amerika, als ob sich dort das Paradies für sie öffnete.

Endlich, nach mehreren Wochen Seereise kamen sie in New York an. Dort erwartete sie Marks Vetter Louis. Der nahm sie ein paar Tage bei sich auf. Dann fuhren sie mit der Eisenbahn zu einer kleinen Stadt, in deren Nähe Onkel Samuels Farm lag.

In der Stadt lebte Joe, ein zweiter Vetter. Der führte mit seiner Frau Mary ein Gasthaus.Sie waren liebe, hilfsbereite Leute. Mary packte einen grossen Korb voll mit Esswaren für sie ein, und Joe besorgte ihnen einen Pferdewagen, mit dem fuhren sie zu Onkel Samuels Farm.

Die Farm lag abgelegen ein paar Meilen von der Stadt entfernt. Weit und breit begegnete man keinem Bauernhaus. Es war Frühjahr und kalt und es regnete. Der Boden war aufgeweicht und sie kamen nur langsam vorwärts.Verfroren und müde kamen sie endlich an. Ein trostloser Anblick erwartete sie. Anstelle der grossen, schönen Farm, von welcher sie geträumt hatten, war da ein verwildertes Grundstück mit einem halbverfallenen Häuschen darauf. Das hatte ein löcheriges Ziegeldach, durch welches der Regen troff. In der ungemütlichen Stube, von einer Petrollampe spärlich beleuchtet, stand ein alter, wackeliger Tisch. Darauf hatte Onkel Samuel ihnen in abgeschlagenen Tassen Tee eingegossen. In der Küche nebenan befand sich ein russender Kochherd. Onkel Samuel schlief in einer Kammer unter dem Dach, eine steile Leiter führte hinauf. Wasser holte man von drauseen aus dem Brunnen. Ein paar alte Obstbäume standen hinter dem Haus, im Hühnerstall gackerten ein paar Hennen.

Onkel Samuels Frau war vor einigen Jahren gestorben Er selbst war alt und gebrechlich und verrichtete nur das Nötigste auf dem Hof.

 Als sie sich ein wenig erlabt hatten, führte er Pauline und Mark durch den Hof. Alles war alt und vernachlässigt und ihre Enttäuschung blieb ihm nicht verborgen. "Ihr seid jung und stark und ihr werdet es schaffen", tröstete er sie, " und Kate wird euch dabei helfen. "Kate? Wer war Kate" Samuel führte sie schliesslich in einen schmalen Stall, dort stand ein mageres Pferd mit zerzauster Mähne. "Das ist Kate" sagte Onkel Samuel. " Der Abschied von der Farm, auf welcher ich so viele Jahre mit meiner Frau gelebt und gearbeitet habe, wo meine Kinder geboren wurden, ist nicht leicht. Aber am schwersten fällt es mir, Kate zu verlassen." Zärtlich klopfte er dem Pferd auf den Hals. Mark hatte noch nie ein Pferd berührt. Als er es Samuel gleichtun wollte, verwarf die Stute unwillig den Kopf. ".Macht nichts!", tröstete Samuel Mark, " sie wird sich an dich gewöhnen. Hüte sie nur gut, denn ohne sie bist du verloren!"

Pauline hätte sich am liebsten auf den Boden gesetzt und geweint. Aber sie beherrschte sich und bemühte sich sogar ein heiteres Gesicht zu machen. Marks finsteres Gesicht verriet, dass er sich Vorwürfe machte, Frau und Kind in diese verlassene Wildnis gebracht zu haben." Wir sind beide jung", wiederholte Pauline Onkel Samuels Worte," wir werden es schaffen. Das wird eine wunderschöne Farm werden."

Einzig Klein-Sarah, sie war damals zweijährig, fühlte sich glücklich. Übermütig hüpfte sie von einer Pfütze in die andere, jagte die Hühner und kletterte die Leiter zu Samuels Schlafkammer empor.

Onkel Samuel lehrte Mark die wichtigsten Verrichtungen auf dem Hof. In einem Schuppen stand ein kleines, schadhaftes Fuhrwerk. Mark flickte es, so gut er konnte und Samuel zeigte ihm, wie man das Pferd einspannte. Mark reparierte das Dach und Pauline packte die Kisten aus und machte die Stube ein wenig wohnlicher.

Nach wenigen Wochen holte Vetter Louis seinen Vater ab. Nun waren Pauline und Mark auf sich selber gestellt. Sie gingen daran ihre Pläne auszuführen, Pauline den Gemüsegarten anzupflanzen und Mark Hühner zu züchten. Sie schirrten das Pferd an und fuhren ins Städtchen, um Vetter Joe zu besuchen, sich mit ihm zu beraten und sich auszusprechen. Auf dem Markt kauften sie Küken ein, Samen und Setzlinge für Paulines Gemüsegarten und eine Milchziege.

Fleissig arbeiteten sie von früh morgens bis spät in die Nacht Aber weil sie nur wenig von Landwirtschaft verstanden, kamen sie nur schwer voran. Der Frühsommer war kalt und die meisten Küken erfroren, Hagel verwüstete Paulines Gemüsebeete und schlug die Blüten von den Obstbäumen.

Es wurde Herbst und sie hatten noch nichts, was sie auf den Markt ins Sädtchen hätten bringen können, Grossvaters Notgroschen war fast aufgebraucht und beide versuchten sich gegenseitig aufzumuntern.

Das einzige, das sie nie enttäuschte war Kate, das Pferd. Willig zog es den Wagen, wenn sie den langen Weg in die Stadt zu Joe und Mary und auf den Markt fuhren.

Manchmal, wenn Mark gar zu verzweifelt war, ging er in den Stall zu Kate. "Na, Kate!" pflegte er dann zu fragen," Was meinst du? Wird es je besser werden mit uns? Werden wir es doch einmal schaffen?" und es schien ihm, als ob ihm das Pferd zuhörte und ihn trösten wollte.

Ganz langsam ging es bergauf, und Mark und Pauline begannen auf den Markt zu fahren. Aber wenn nicht Joe, ihnen Geflügel und Eier und Gemüse abgenommen hätte, hätten sie kaum etwas verdient, denn die andern, erfahrenen Farmer brachten fettere Hennen, grössere Eier und schöneres Gemüse auf den Markt.

Eines Tages sollte in Joe`s Gasthaus ein grosses Hochzeitsmahl stattfinden. Joe bestellte Geflügel und Eier, Gemüse und Blumen. bei Mark und Pauline.

Eifrig begannen sie alles vorzubereiten.

. Doch drei Tage bevor sie das Bestellte in die Stadt bringen sollten, schien Kate.krank zu sein. Sie wollte nicht fressen und hustete, so dass sich ihr ganzer Körper schüttelte. Mark streichelte sie und rieb sie ab, aber es ging ihr nicht besser.

Am Abend bevor er in die Stadt fahren sollte, schien es ihm, dass sich Kate ein wenig erholt hatte.

und am nächsten Morgen, vor Sonnenaufgang, als ihm Pauline geholfen hatte, den Wagen aufzuladen, schirrte er das Pferd an..

Kate, aber, war schwach. Sie zog den Wagen nicht zügig wie sonst, dann blieb sie immer wieder stehen und sie kamen nur sehr langsam vorwärts.

Sie waren nicht mehr weit vom Städtchen entfernt, als Kate plötzlich nicht mehr weiter konnte. Mit Entsetzen sah Mark, wie sie in die Kniee sank. Mark sprang vom Bock. Er streichelte das Tier, gab ihm zu trinken, sprach ihm gut zu, aber es half nichts, Kate blieb sitzen.

Mark war verzweifelt.Er lehnte sich mit der Stirne er an einen Baum und begann bitterlich zu weinen. "Lieber Gott", bat er,"lasse dieses Pferd nicht sterben. Ohne dieses Pferd bin ich verloren! Ohne dieses Pferd kann ich meine Frau und mein Kind nicht mehr ernähren! Sicher habe ich viel gesündigt, sonst würdest Du mich nicht so strafen. Aber dieses Mal, lieber Gott, lass` es gut sein! Verzeihe und hilf mir! Lasse das Pferd nicht sterben!"

So stand Mark eine Weile vor dem Baum und betete. Als er sich schliesslich umdrehte, traute er seinen Augen nicht! Er sah, wie Kate sich aufzurichten versuchte. Schliesslich gelang es ihr und sie begann den Wagen zu ziehen. Mit einem Jubelschrei schwang sich Mark auf den Bock und langsam fuhr der Wagen weiter.

Als er in der Stadt ankam, war es Mittag. Joe hatte bereits besorgt Ausschau gehalten, wo Mark mit der bestellten Ware geblieben sei.

Als er abgeladen hatte, führte Mark das Pferd zum Tierarzt. Der gab ihm eine Medizin, die sollte er Kate einflössen.

Mark blieb eine ganze Woche lang im Städtchen. Erst als Kate wieder ganz gesund war, machte er sich auf den Heimweg. Glücklich umarmte Pauline Mark und das Pferd, als sie endlich wieder zu Hause waren.

Von da an ging es aufwärts bei Mark und Pauline. Allmählich liessen sich ihre Hennen, die Eier und das Gemüse sehen auf dem Markt. Sie belieferten nun nicht nur Joe, sondern auch andere Gasthäuser.

Sie konnten sich ein geräumigeres Häuschen bauen mit einer Wasserleitung im Haus. Der kleine Samuel wurde geboren und später die kleine Ruth.

Wie Onkel Samuel es vorausgesagt hatte, Kate, die magere Stute, hatte ihnen zu ein wenig Wohlstand verholfen.